어깨동무

홍인표 중단편집

작가의 말

"이야기꾼들은 가난하게 산단다."
아버지의 말씀이었습니다.
그런데 나는 이야기꾼이 되었습니다.
중학교 2학년 때부터 팔십을 넘긴 지금까지
소설 공부만 하고 있습니다.
지나온 궤적을 더듬어 보니 눈물이 핑 돕니다.
왜 하필이면 이야기꾼이 되었을까요?
왜 내가 팔순이 되는 지금까지 살아남아서
소설을 쓰고 있는 걸까요?
대답은…?
이승의 여행길이 팔십 년이라는 기념으로
작품집을 만들어봅니다.
항상 정성을 다해보지만
늘 부끄러울 뿐입니다.

—노을이 비껴가는 들녘에서
홍인표

차례

작가의 말 … 3

기별 … 9
동네 앞에서 … 41
어깨동무 … 73
영혼들의 결혼 … 105
죽음의 섬 [중편] … 141

기별

1

 성전댁은 고샅을 살걸음으로 걸어갔다. 손에는 수건과 풀솔을 들고 있었다. 영산댁 사립문을 들어섰다. 머리에 수건을 썼다.
 "벳불이 싸지도 않고 적당하게 잘 만들어졌네."
 성전댁은 마당으로 들어갔다. 마당 구석에 묘처럼 만들어 놓은 벳불을 바라보았다. 연기가 모락모락 피어오르고 있었다.
 "어두워지면 베매기를 할 수 없으니까… 꼭두새벽부터 서둘렀겠지?"
 성전댁은 혼잣말로 중얼거리며 다가갔다. 해돋이를 바라보았다. 금방 솟아오른 태양이 동산의 능선 위에 얹혀있었다.
 "나이가 들어서 그런지 눈이 침침하여…"
 성전댁은 땅거미가 드리워지면 베매기를 할 수 없었다. 잘 보이지 않았다. 저녁노을이 지기 전에 베매기를 마쳐야 했다.

"겨우내 밤잠 자지 않고 물레질해서 자아 놓은 실은 얼마 되지 않지만… 해동갑해서 마치려고… 첫닭이 울 때부터 일어나서…"

영산댁은 부지깽이를 들고 벳불을 뒤적거리다가 일어났다. 연기를 흩뿌리는 덜 탄 뜬숯을 꺼내었다. 눈물을 닦았다.

"준비는 다 되었으니… 내 일만 남았네. 뱁댕이도 넉넉하고… 베풀도 적지 않겠어."

성전댁은 팔을 걷어 붙었다. 새끼의 매끼로 가지런하게 묶어 놓은 뱁댕이의 다발을 바라보았다. 동이에 담겨있는 베풀을 손가락으로 만져보았다. 풀의 묽은 정도가 적당했다.

뱁댕이는 베매기를 마친 실을 도투마리에 감으면서 실오라기가 서로 엉키지 않도록 사이사이에 끼워 넣는 섶의 막대기나 댓조각을 말했다.

"들말은 영산양반이 단단히 고정시켜주었는데…?"

"어련히 알아서 했겠어. 나머지는 내가 해야지."

성전댁은 도투마리를 들말에 걸쳤다. 마당의 저쪽에 놓여진 끌개를 바라보았다. 적당한 거리였다. 끌개 위에 다듬잇돌까지 얹혀 있었다.

바디에 끼워져 뒤쪽으로 나와 있는 실을 기다란 끈으로 묶었다. 그 끈을 도투마리에 메어 연결했다. 도투마리를 돌려 감았다.

영산댁은 도우미였다. 실타래를 들고 있었다. 벳불에 닿지 않도록 도와주었다.

"벳불에 실오라기가 탈까 무섭네. 실타래를 더 높이 들어."

성전댁은 날줄을 벳불 위로해서 길게 늘어뜨렸다. 실타래를 마당 저쪽에 놓아둔 끌개로 가져갔다. 끌개의 앞쪽에 꽂아져 있는 끄싱게에 두리두리 말았다. 단단히 메어 묶었다. 남은 실타래를 다듬잇돌 위에 얹어놓았다. 날줄이 팽팽해지도록 끌개를 약간 뒤로 당겼다.

2

벳불에서는 연기가 스멀스멀 기어 나왔다. 바람에 흩날리며 이쪽저쪽으로 흩뿌려댔다.

"오늘은 초파일인데… 베를 매주려고… 절에는 가지 못하게 되었네?"

영산댁은 연기를 피하며 벳불 건너편에서 베매기를 하고 있는 성전댁을 바라보았다.

"오늘이 1962년의 초파일 날인가?"

성전댁은 날을 받아 놓은 베매기에 정신이 팔려있었다.

"부처님 오시는 날에 베를 매주어도 품삯은 외상이네?"

영산댁은 미안해서 발등걸이하였다.

"품은 여름에 무명 밭의 밭매기로 갚으면 돼. 걱정일랑 하지 마."

성전댁은 수굿이 베매기에 정성을 다했다. 벳불 위에 늘어져 있는 실오라기를 풀솔로 풀을 먹이었다. 감은 머리에 참빗질을 하듯이 쓸어갔다. 뒤엉킨 실을 조심조심 솔질했다. 한 가닥씩 낱낱이 찢었다. 한 올 한 올에 풀을 골고루 먹였다. 벳불에 말렸다. 잘 마른 실을 도투마리에 감았다. 행여, 실이 떨어지면 풀솜을 떼어서 끊어진 마디에 침을 발라 붙었다. 그리고 손가락으로 비벼 이었다.

풀솜은 누에고치를 늘여 만든 솜이었다.

3

봄볕이 좋은 아침나절이었다. 풋보리바심 할 수 있는 풋머리가 되어서 그런지 조금은 무더워졌다. 잔풀나기의 계절은 지나간 것이 분명했다. 보리누름의 못자리할 절기가 되었다.

마당의 빨랫줄에는 제비 두 마리가 앉아 자냥스럽게 떠들어대고 있었다. 지난해 늦가을에 떠났었다. 봄이 되어 다시 찾아오니 반가운 모양이었다.

"강남 갔던 제비가 돌아왔네."

성전댁은 풀이 담긴 그릇에 풀솔을 넣어 묽은 풀을 흠뻑 묻히며 일어났다. 허리 펴기를 했다.

"힘차게 재잘거리며 좋아하네. 집을 찾아 되돌아오니 반가운 모양이지?"

영산댁은 바디를 밀었다. 베매기를 마치고 벳불 위에서 말리고 있는 실오라기들을 손으로 쓰다듬었다. 들말에 걸쳐있는 도투마리에 감았다. 엉키지 않도록 뱁댕이도 끼워 넣었다. 끄싱게에 매어있는 실타래가 따라오면서 끌개를 끌어당겼다. 도투마리가 풀리지 않도록 고정시켰다.

"어제는 보지 못했는데…"

성전댁은 다시 솔에 풀을 무쳤다. 벳불 위에 늘어져 있는 실에 문질렀다. 끌려온 실타래에 풀 먹이기를 하였다.

4

"강남으로 갔던 제비도 자기 집이라고 찾아왔는데…"

영산댁은 제비를 바라보며 시무룩하게 중얼거렸다. 돌아온 제비를 보니 외동딸 순녀가 보고 싶었다. 땅이 꺼져라 한숨을 쉬었다.

"또 한숨이야? 자식이라고는 딸 하나밖에 없는 순녀가 보고 싶어서?"

성전댁은 속내를 들여다보고 있다는 듯이 발등걸이하였다.

"일제강점기에… 위안부로 보내지 않으려고… 젖먹이 어린 것을 억지로 시집을 보내버린 죄인이라서…"

영산댁은 서러움이 울컥 치밀어 울먹거렸다.

"그렇겠지…!"

성전댁은 고개를 돌리며 눈물을 감추었다.
"어미 년인데…?"
영산댁은 눈물을 삼켰다.
"시집을 가자마자 만주로 이사 가서 잘살고 있다면서…?"
성전댁은 고개를 숙였다. 끊어진 실오라기를 찾았다. 이음매에 풀솜으로 이어 붙였다. 손가락에 침을 발라 비벼서 메지었다.
"죽었는지? 살아있는지? 기별이라도 들었으면 해서…"
영산댁의 시선은 빨랫줄에서 날아가는 제비를 따라갔다.
"요즈음 딸년을 입술에 달고 살아?"
성전댁은 고개를 갸웃거렸다. 영산댁을 물끄러미 바라보았다. 칠순이 가까워져서 그런지 두동치활의 형색에 저승꽃이 유난히도 많이 피어있었다.
"내 팔자에 자식이라고는… 딸년 하나 있는데…"
"외동딸이라서?"
성전댁은 또 솔에 풀을 묻혔다. 벳불 위에 늘어져 있는 실에 솔질을 계속했다.
"죽을 때가 되어서 그런가 보지. 무척 보고 싶거든. 지난밤 꿈속에서는 딸년이 찾아와 어미 품속에 안기지 않겠어?"
영산댁의 눈가는 축축하게 젖어 있었다.

5

성전댁과 영산댁은 입술을 다물고 있었다. 각자 자신들의 처지를 생각했다.

"일제강점기에는 딸자식 가진 부모들은 딸을 위안부에 빼앗기지 않으려고…"

성전댁은 기어들어 가는 목소리로 중얼거렸다. 가슴의 깊숙한 곳에 갈무리해 놓았던 원한을 덧들어내고 있었다.

"남들도 다 그랬지만… 나도 어쩔 수없이… 피도 마르지 않은 어린 젖먹이의 딸년을 강압적으로 시집보냈으니… 천벌을 받아야지?"

영산댁은 울먹였다.

"부모로서 할 짓거리가 아니었으니까."

성전댁은 고개를 저어댔다.

"이런 말하기가… 성전댁에게는 미안한데…"

"어쩔 거여. 하느님도 무심하지…"

"성전댁 딸은 순사들에게 붙잡혀서 끌려갔다가… 어렵게 도망쳐서…"

영산댁은 더듬더듬 끄집어내려다가 얼버무렸다.

"어찌 되었든, 영산댁은… 기다리는 딸이 있으니…"

성전댁은 늘킴으로 통곡하고 있었다.

"성전댁은 그때에 딸을 가슴 깊은 굿 속에 묻어버렸으니…"

"죽기는 왜 목을 매달아 죽어. 썩을 년이."

성전댁의 눈앞에는 뒷동산의 도래솔 나뭇가지에 목을 맨 딸의 주검이 떠올랐다. 순사에게 붙잡혀 끌려간 다음 날 시체로 발견되었다.

영산댁은 말을 못하고 눈물을 훔쳤다.

"그년 팔자가 그렇고… 이년 팔자가 이렇게 생겨먹어서…"

성전댁은 바디를 밀었더. 벳불 위에 길게 늘어진 실오라기에 풀질을 하였다. 꼼꼼히 챙기며 베매기를 계속했다. 눈에서는 눈물방울이 뚝뚝 떨어졌다.

"덜 탄 뜬숯에서 내뱉는 연기가 매웁네."

영산댁은 고개를 돌렸다. 눈가에 젖어 있는 눈물을 소맷자락으로 닦았다.

6

"베매기하시려면 수고하시겠습니다. 장에 다녀올게."

영산양반은 방에서 나오며 두루마기 옷매무새를 매만졌다. 마당에서 베매기를 하고 있는 성전댁과 아내에게 인사치례를 했다.

"장에 가면 혹시 순녀 시댁 사람을 만나게 될지 몰라요. 살았는지 죽었는지 기별이라도 물어 봐주시오."

영산댁은 사립문 쪽으로 걸어가는 남편의 뒤통수에 망치로 때리듯이 당부했다.

"그렇지 않아도 요즈음 딸년이 눈에 밟혀서… 순녀의 시댁 집안이 살고 있는 마을에 가보고 올 가해서… 자식이라고는 딸년 하나 두었는데… 어린것이 시집가서 만주로 가버렸으니…"

영산양반은 발을 멈추고 돌아섰다. 아내의 표정을 살폈다.

"소식도 전할 수 없는 철천지원수가 된 공산국가인 중국에서 살고 있다고 하지만 혹시 알아요? 딸년의 기별이 왔을지도…"

영산댁은 서러움을 꿀꺽 삼켰다.

"공산국가라 척이 져서…"

영산양반은 마당의 휑뎅그렁한 공간을 휘저으며 날아다니고 있는 제비를 바라보았다.

"그래도 사람이 사는 곳이니…"

영산댁은 벳불에서 흩뿌려대는 연기를 피했다.

"지금은 반공을 국시의 제일로 삼고 있는 군사정부가 권력을 거머쥐고 통치하고 있는 대한민국이라서 행동거지를 잘못하게 되면… 나도 빨갱이가 될 수 있으니… 공산괴뢰도당으로 몰리기 되면 살아남기도 어려우니…"

영산양반은 혀를 차며 돌아섰다. 무어라 씨우적거리며 총총 걸었다. 사립문을 나갔다.

7

두견새는 대낮인데도 뒷동산에서 구슬프게 울고 있었다.

"일본강점기에 쪽발이 왜놈들에게 빼앗겼던 공출을 생각하면…!"

성전댁은 솔질을 하며 생급스럽게 뒤듬바리처럼 말했다.

"공출!"

영산댁은 깜짝 놀라며 되받았다. 나라를 빼앗겨 자닝스럽게 살았던 일들이 한꺼번에 떠올랐다.

"무어든 되는 대로 모두 강탈해가는 공출!"

성전댁은 추임새를 메기듯이 말했다.

"사람으로서 해서는 안 될 짓거리들이지?"

"강도질하는 도적놈들도 그렇게는 하지는 않았어."

"미친 악마들이 발광하여 춤을 추어대는 굿판이라고나 할까?"

성전댁과 영산댁은 가슴 속 깊은 곳에 고이고이 갈무리해 놓았던 원한들을 버르집었다. 입속에 넣고 잘근잘근 씹어대며 음미했다. 서러움이 울컥 치솟았다. 절대로 잊을 수 없는 치욕적인 원한이었다. 자자손손 대대로 간직해 두었다가 수시로 덧들어내어 곱씹어 보아야 되었다.

8

"먹고 살아야 할 식량을 빼앗아 가는 나락 공출을 필두로…"
"쌀 공출."
"소작논이라 못갈림농사를 지어 놓으면…"
"못가름하여 반타작은 지주에게 바치고…"
"남아 있는 반절은 모두 공출로 빼앗아 가버리니…"
소작농사는 배메기농사였다. 지주와 소작인이 반타작씩 못가름을 했다.
"그래서 항상 먹을 식량이 없어 굶기를 밥 먹듯이 하며 살았지 않아?"
"쌀을 감추어 놓고 할당량의 공출을 납부하지 않는다고 하면서…"
"집집마다 찾아다니면서 쇠꼬챙이로 집터서리 곳곳을 찔러대며…"
"몇 됫박 감추어 놓았던 쌀을 찾아내서 강도질하듯이 가져갔었지?"
"보릿고개의 고스락 때에 쑥과 함께 버무려서 죽을 쑤어 먹으려고 했던 소중한 쌀인데…"
"그래서 굶어 죽은 사람들이 오죽이나 많았어?"
영산댁과 성전댁은 겨끔내기로 장단을 맞추듯이 주고받았다. 일본강점기에 살아온 서러운 신세타령을 해댔다.

9

"더 기가 막힌 것은 우리말을 사용하지 못하게 했었지?"
"우리말까지 빼앗겼으니…"
"그것이 우리말을 빼앗기는 언어공출?"
"일본말만 사용하라고…?"
"나는 일본말을 배우라고 하기에 우리말 공부를 했었어."

10

"또, 성씨에 이름까지 빼앗앗아 가려고…"
"창씨개명?"
"우리 이름을 빼앗으려고 일본식으로 바꾸라고 하지 않았어?"
"그것이 이름공출인가?"
"그런 짓거리를 한다고 조선 사람이 일본 사람으로 바뀌어 지는가?"
"미친놈들이 지랄 염병 다 떨었어."

11

"사람공출은 또 무슨 짓거린가?"
"강제징용으로 잡아가는 남자공출."

"위안부로 끌고 가는 처녀공출은?"
"젖먹이 어린 사내애들을 붙잡아가 탄광의 굿 속에 처넣어 생매장시키고…"
"피도 마르지 않은 어린 여자애들을 끌고 가서 위안부로 만들고…"
"사람의 탈을 쓰고 해야 할 짓거리인가?"
"그렇게 좋은 일이면 영웅이시며 위대하신 일본천황폐하각하님의 아들들과 딸년들을 그런 곳으로 보냈어야지?"
성전댁과 영산댁은 한 맺힌 원한의 앙금을 들추어냈다.
뒷동산에서는 두견새가 더욱 서럽게 울어대고 있었다.

12

"더욱 가관인 것은?"
"밥그릇인 놋그릇공출?"
성전댁은 먼산바라기를 하며 한숨을 쉬었다.
"밥그릇을 녹여 사람 죽이는 총을 만들었다면서?"
"미쳐도 유분수지?"
"쇠라고 생기는 것은 모두 거두어 갔었지?"
"심지어 농사짓고 있는 쟁기 보습, 괭이, 삽, 쇠스랑 같은 연장까지 빼앗아 가버렸으니…"

"농부들이 매나니로 농사를 지으라고?"
"하는 짓거리가 짐승만도 못한 놈들!"

13

두견새는 뒷동산에서 서럽게 피를 토해내고 있었다.

영산댁과 성전댁은 입술을 다물고 소쩍새의 애절한 사연을 듣고 있었다. 아니 함께 흐느꼈다.

"두레, 동계, 품앗이도 공출로 빼앗아 가려고…"

성전댁은 침묵이 싫었던지 다시 뱉어댔다.

"동네 사람들이 힘을 합하여 서로 도와가며 살아가는 것을 철저하게 막았었으니까."

"그래서 동계를 맡았던 계장인 수동양반이 정월에 동계를 지냈다고 해서… 주재소에 끌려가서 밤새 두들겨 맞았었지?"

"나온 지 사흘 만에 저 세상으로 가버렸고…"

"수동양반이 동계의 돈을 독립운동 자금으로 보냈다는 말도 있었지?"

"그게 무슨 잘못이라고?"

"왜놈들은 독립운동을 한다고…"

"두 사람만 모여도 독립운동한다고 해서…"

"빼앗긴 나라를 되찾는 것은 정당한 우리의 권리인데…"

"국민으로서 책임과 의무도 되고?"

14
"담배는 잎까지 세어서 공출로 빼앗아갔었고."
"머릿기름인 피마자기름이나 동백기름도 공출로…"
"심지어 소나무의 송진 공출은…?"
"닥치는 대로 모두 공출로 빼앗아 가져갔으니…"

15
"국민은 생활필수품의 모든 것을 공출로 빼앗기며 살았으니…"
"그래도 우리는 용케도 살아남아 있으니…"
"운이 좋은 건가?"
영산댁과 성전댁은 하늘을 쳐다보며 눈물을 닦았다. 무당이 굿판을 벌려놓고 만수받이하듯이 주고받았다. 얼마나 자닝스럽게 당했는지 몰랐다.

16
성전댁과 영산댁은 베매기를 하느라 잠시 침묵했다.

"그래도 빠진 것이 하나 더 있어."
성전댁은 생뚱맞게 불쑥 뱉어냈다.
"무언데?"
영산댁은 발 밭이고 있었다는 듯이 장단을 맞추었다.
"우리가 조상님에게 지내는 제사도 공출로 빼앗겼지 않아?"
"그랬네."
"그랬었지?"
"설이나 한가위 같은 우리의 명절도 쉴 수 없게 빼앗으려고…?"
"아무도 모르게 제사를 지내거나 명절을 쇠게 되면…"
"어떻게 알고 순사가 찾아와 주재소로 잡아갔었지?"
"나는 제사를 지냈다가 순사에게 붙잡혀 주재소로 끌려가서 쇠좆몽둥이로 얼마나 두들겨 맞았는지?"

17

"우리가 조상님께 지내는 제사는 강제로 지내지 못하게 해놓고…"
"그놈의 신사 참배는 꼬박 꼬박 시켰지 않았어?"
"누가 신사 참배를 하기나 했는가?"
"이 핑계 저 핑계를 대며 베돌았지."

"우리 조상님 신은 배척하고 왜놈들의 신을 받들라고?"
"그렇게 우리의 영혼까지 공출처럼 빼앗으려고 했으니…"
"누가 빼앗기기 하나? 어림 반 푼어치도 없는 소리!"

18

"그래서, 우리 동네 강석돌이가 울분을 참지 못하고 한밤중에… 신사로 기어 들어가 신사에 불을 질러버렸지 않아?"

성전댁은 흥분하였다. 말을 더듬거리듯이 듬성듬성 힘주어 말했다.

"석돌의 성질머리가 보통이 넘어서…?"
"그런 소리 하지 마. 말 수는 적어도 속아지는 깊어."
"맞아, 행동거지는 항상 곧고 올발랐지?"
"신사가 활활 타고 있는 불꽃을 보고 있으니 내 속이 시원하더라고."
"나는 덩실덩실 춤이라도 추고 싶었어."

두 사람은 한밤중에 마을 건너편 신사에서 불길이 춤을 추듯이 활활 타오고 있는 불구경을 했었다. 답답한 가슴을 시원하게 태워버리는 것 같았다.

19

"석돌은 신사에 불을 지르고 나서 곧바로 도망쳤다면서?"
"붙잡히지 않았으니까."
"살아있을까?"
"아직까지도 양지편에는 빗감도 않고 있으니…"
"죽지는 않았을 거야."
"그래, 어디서 가정을 이루고 행복하게 잘 살고 있겠지?"
성전댁과 영산댁은 마음속으로 기도하고 있었다. 반드시 행복한 삶을 누리어야 되었다.
제비 한 마리가 담을 넘어왔다. 마당을 한 바퀴 돌았다. 무어가 그리도 바쁜지 곧바로 동네 앞 들녘으로 날아갔다.

20

"그 당시 신사가 불에 탄 것 때문인지는 모르지만… 그 다음날 면내가 발칵 뒤집혀졌지?"
"양지편은 쑥대밭이 되었고?"
"마을 사람들이 모두 붙잡혀가서…"
"쇠꼬챙이로 찔러대며 고문을 받았었지?"
"신사에 불을 지른 사람이 누구였냐고 캐물었지만?"
"알고도 모두가 입술을 굳게 다물었고…"

성전댁과 영산댁은 주재소에서 두들겨 맞던 일을 떠올렸다. 동네 사람들의 비명소리가 아직도 귓속에서 맴돌이 치고 있었다.

21

"신사가 불탄 며칠 후였지? 그 앙갚음을 하려고 했는지는 모르지만…"

"틀림없이 그 보복이야!"

"이번에는 한밤중에 순사들이… 자기들의 떨거지들을 떼거리로 몰고 마을에 들이닥쳐서…"

"잠자고 있는 마을 사람들을… 마구잡이로 잡아갔었지?"

"처녀들은 위안부로…"

"청년들은 징용으로…"

"피도 마르지 않은 어린 꼬맹이들까지…"

영산댁과 성전댁은 겨끔내기로 끊임없이 뱉어대며 서럽게 흐느꼈다.

22

"그때, 내 딸년이 집에 와 잠을 자고 있다가…"

성전댁의 눈에서는 눈물방울이 뚝뚝 떨어졌다.

"참으로 공칙스럽게 되어버렸어."

영산댁은 함께 울었다.

"내가, 날 죽이고 잡아가라고 가로 막으니…"

성전댁은 베매기를 멈추고 벌떡 일어났다. 미칠 것만 같았다. 한숨을 쉬어댔다. 한참 동안 멍하니 서 있었다. 머리에 쓴 수건을 벗었다. 얼굴에 범벅이 된 눈물을 닦았다.

23

"순사 놈들이 애들을 잡아다가 주재소에 놔두고…"

"그날 밤, 잔치를 하듯이 밤새워 술을 퍼마시고, 모주가 되어서…"

"끓여온 어린 여자애들을… 주재소 숙직실로 데려가서…"

영산댁과 성전댁은 차마 말을 할 수가 없었다. 어눌하게 얼버무리며 서로의 눈치를 살폈다.

"자기들도 딸자식이 있을 텐데…"

"잔인하고 모질고 악독하고 짐승만도 못한 놈들!"

24

"그런 짓거리를 해놓고…"

"동이 틀 무렵 곯아떨어져 잠이 든 사이에…"
"애들이 어렵게 도망쳤다고 하더라고."
영산댁과 성전댁은 이미 들어서 잘 알고 있었다.

25

"붙잡혀가서 함께 도망쳐 나온 금정 댁 딸이 그러던데…?"
"금정 댁 딸도 함께 당했다나?"
"어처구니가 없어서…"
영산댁은 부지깽이로 시든 벳불을 뒤적거리며 울먹였다.

26

"금정 댁은 딸년이 순사에게 당했다고 하면서… 남부끄러워 양지편마을에서 살 수 없게 되었다고…"
"맞아, 그래서 이사를 간다고 하더라고."
"그런데, 내 딸년은 어린 것이 무슨 속아지가 들었다고… 뒷동산에서 목을 매달아?"
성전댁은 울분을 참지 못했다. 폭탄을 터뜨리듯이 데퉁스럽게 말했다.
"목매단 주검을 나도 보았으니까… 금정 댁 딸이 말렸다고 하던데…?"

영산댁은 마른침을 삼켰다.

"살아있으면 금정 댁처럼 양지편을 떠나버리면 되는데…"

성전댁을 벌떡 일어났다. 손에 들고 있는 풀솔이 바르르 떨렸다.

동네 앞 보리밭에서는 종달새 한 마리가 정신 사납게 우짖어대고 있었다.

27

"도대체 군위안부가 무엇이여?"

"듣기 좋게 군위안부지… 군인들의 창녀가 아닌가?"

"그러면 강제징용은?"

"전쟁터나, 탄광이나, 부두 같은 곳에서 노예처럼 일해야 하는 노무자."

"그런 곳이 그렇게 좋으면 왜놈들의 아들딸을 그곳으로 보내야지."

"자기들 나라에 애국하는 일이니까, 당연히 그래야지."

"침략을 당해 노예가 되어버린 녹록한 국민이라, 동네북이 되어버려서…"

"나라를 빼앗긴 것도 서러운데, 모질게 짓밟히며… 자닝스럽게 당하면서 살았던 억울한 지난날의 삶."

성전댁은 울분을 터뜨렸다. 분노를 참을 수가 없었다. 일손을 놓고 흐느꼈다.

28

"영산댁도 하마터면…"

성전댁은 눈물을 닦으며 서러움을 꿀꺽 삼켰다.

"다행이도, 처녀공출로 외동딸년을 빼앗길 수가 없어서… 딸년을 외가로 보내 버렸기에…"

영산댁은 마른침을 삼켰다.

"그때에는 남자나 여자나 사람공출에 잡혀가지 않으려고 혈안이 되어있었으니까."

성전댁은 고개를 끄덕였다.

"그래서, 어쩔 수없이, 젖먹이 어린애이지만… 억지로 시집을 보내 버릴 수밖에…"

"그랬지. 부모의 곁을 떠나지 않으려는 것을 강제로 떼어 쫓았으니까…"

"너나 나나 없이, 이 집 저 집에서, 울음바다를 이루었지?"

"어느 부모가 자기 딸년을 군인창녀로 만들고 싶겠어?"

"그놈의 위안부가…"

영산댁과 성전댁을 또 흐느끼느라 할 말을 잃었다.

29

"왜, 시집간 여자는 안 잡아갔는지 몰라?"
"그러게 말이야!"
"아가씨가 아니라고?"
"강제로 끌고 가서 군인들의 창녀로 만들려면서…?"
"그래서, 부모는 딸을 창녀로 빼앗길 수가 없어서, 어리지만 시집을 보낼 수밖에…"
 성전댁과 영산댁을 서로를 바라보았다. 또 눈물을 훔쳤다. 한 마디 한 마디 할 적마다 서러움이 복받쳤다.

30

"나도 그래서 외동딸 순녀도 어쩔 수없이…"
"시집가자마자 그 다음날 만주로 이사를 가버렸다면서…?"
"소문을 듣고 순녀의 시댁을 찾아갔더니, 정말로 이사를 가고 없어서…"
 영산댁은 그때 일을 떠올렸다. 하염없이 흐르는 눈물이 목구멍을 막았다.

31

"바로 그해에 해방이 되었던가?"
"삼월에 시집을 보냈으니까… 네댓 달 후에 일본이 망했어."
"시집을 보내지 말고 조금만 더 기다렸더라면…"
성전댁은 혀를 찼다.
"그럴 줄 누가 알았는가?"
영산댁은 눈물을 훔치며 하늘을 쳐다보았다.
성전댁과 영산댁은 판소리를 할 때에 아니리를 하듯이 주고받으며 서러움을 달래었다.
제비는 언제 돌아왔는지 바지랑대의 꼭대기에 앉아있었다.

32

성전댁은 수건으로 얼굴을 닦았다. 베매기의 손놀림은 쫓기는 사람처럼 빨라졌다. 재우치며 서두르고 있었다. 집에 가면 할 일이 태산처럼 쌓여있었다.
"해방이 되자마자, 우리나라의 꼬락서니를 보소…"
성전댁은 못다 한 한풀이를 해야 되겠다는 듯이 데설궂게 말했다.
"미국과 소련이 한반도를 남북으로 갈라놓았는데…?"
"통일을 한답시고 네 편 내 편 찾으면서… 자기편이 아니라고 해서 무작정 닥치는 대로… 총질을 해서… 국민을 죽이는 전쟁을 해?"

"도대체 무슨 짓거리를 하는지?"

"나라님이라는 못된 놈들! 꼭두각시가 춤을 추는 것 같은 싸움질을 하다니?"

"오순도순 말로 하면 어디가 덧나나?"

"주둥아리는 두었다가 어디다 쓰려고?"

"도통 이해를 할 수가 없다니까?"

"글자도 모른 무식한 우리들의 속아지만도 못하니…"

"그래도 자기만 잘났다고…"

"미쳐도 유분수지."

"이제는 원수가 되어버렸으니… 딸자식의 기별조차 들을 수 없게 되었고…"

멧비둘기 한 마리가 동네 앞 팽나무 가지에 앉아서 울고 있었다.

33

"때가 되어가나. 배가 출출하니 보릿고개가 생각나네."

성전댁은 베를 매다가 먼산바라기 했다. 창자가 쪼르륵거리며 신음을 했댔다.

"보리의 풋머리인 이 무렵이 되면…"
"풋보리 바심하던 보릿고개…?"
"공출로 먹을거리를 모두 빼앗겼으니…"
"보릿고개의 고스락이라, 이때쯤 굶어 죽는 사람들이 오죽이나 많았어?"
"그 한 많은 일제강점기를 용케도 살아왔으니…"
"전쟁 통에도 죽지 않았으니…"
"모질고 질긴 명줄."
돌개바람이 담을 넘어와 벳불의 재를 흩뿌리며 지나갔다.

34

"때가 되었는데…?"
영산댁은 하늘을 쳐다보았다.
"벌써 점심때가?"
"배 안 고파?"
"쪄 놓은 고구마 같은 새참거리 없어?"
"점심은 먹어야지?"
"찐 고구마가 없으면, 생고구마 가져와. 구워서 먹으면 더욱 감칠맛이 나. 구뜰하고."
"곁두리 겸 점심으로 먹게?"

"끼니만 때우면 되지. 고구마는 보릿고개의 고스락을 넘기려면 없어서는 안 되는 귀중한 식량이었으니까."

"생고구마야 당연히 있지."

영산댁은 골방으로 갔다. 고구마를 바가지에 담아 가지고 나왔다. 벳불을 부지깽이로 뒤적거려 팠다. 잿속에 묻혀있던 잉걸불이 모습을 드러냈다. 웅덩이처럼 파인 불 속에 고구마를 던져 놓았다. 재로 덮어버렸다.

35

베매기는 저녁나절의 새참 먹을 무렵에 마쳤다.

영산댁은 툇마루에 앉아있었다. 마당 위를 휘젓고 다니는 제비를 바라보았다. 어느새 산그늘이 내려와 마당을 덮었다. 수리봉 위에는 붉은 저녁노을이 번져가고 있었다. 땅거미는 뒷동산에서 스멀스멀 기어 내려왔다. 마당이 어둑어둑해졌다.

"영산양반이 순녀의 기별을 가지고 올 텐데…"

영산댁은 벌떡 일어났다. 사립문을 나섰다. 동구 밖으로 나갔다.

"순녀는 바로 이곳에서 어미와 떨어지지 않으려고 생떼거리를 했었지?"

영산댁은 젓먹이 딸과 헤어질 때를 그려보았다. 딸은 신작로에

주저앉아 소리내어 울었었다.

"군인들의 창녀로 만들 수가 없어서 어쩔 수없이…!"

영산댁은 흐느끼면서 언턱거리하고 있었다.

"자식을 지키지 못한 짐승만도 못한 애미년!"

영산댁은 가슴을 쳤다. 못 할 짓을 한 모질고 잔인한 어미가 분명했다.

그때였다. 어둠 저쪽에서 인기척이 들렸다.

"영산양반이…"

영산댁은 남편의 체취를 맡았다.

"순녀의 기별을 가지고 오겠지?"

영산댁은 귀를 쫑긋 세웠다. 짙어져 가고 있는 땅거미 속을 달려가고 있었다.

(2024년 《펜문학》 1·2월호)

동네 앞에서

1

　하늘은 먼동이 틀 무렵부터 잔뜩 찌푸리고 있었다. 온종일 그믐날의 한밤중처럼 끄느름했다. 영락없이 고약한 시어머니가 삼일 굶은 형색이었다. 한낮이 되자 함박눈이 펑펑 쏟아졌다. 눈은 남녘의 따뜻한 기온 때문인지 땅에 닿기가 무섭게 녹아버렸다. 도로는 궂은비가 내려 축축하게 젖은 것처럼 질척거렸다.
　버스는 눈 속을 뚫고 칠거리를 휘감아 돌았다. 길의 움푹 파인 웅덩이에 고인 물을 흩뿌리며 정류장을 찾아갔다. 삐익 소리를 내며 멈추었다. 버스의 문이 열렸다.
　"안양 용산 관산 대덕 회진!"
　안내양이 먼저 내리며 큰소리로 외쳤다.
　장꾼들은 장을 보고 나와 대합실에 기다리고 있었다. 버스기 도착하자 한꺼번에 우르르 몰려나왔다. 버스의 문 쪽으로 달려갔다.

"오늘이 장흥 장날이구나."

진일균은 버스에서 내렸다. 몰려드는 사람들의 틈새를 헤치고 어렵게 빠져나왔다. 한쪽에 장승처럼 서서 숨고르기를 하였다. 차멀미를 했는지 속이 울렁거렸다. 토악질을 하려고 하는 것을 간신히 참았다.

"억불산의 산등성이에 껑충 솟은 며느리바위!"

일균은 정신을 차리려고 먼산바라기를 했다. 한눈에 들어온 억불산의 며느리바위가 시선을 붙잡았다. 며느리바위의 전설이 생각났다.

"아주 멀고 먼 까마득한 옛날 옛적이었지. 장흥읍 탐진강의 백림소가 있는 자리에는 만석꾼인 백씨와 임씨가 살고 있었다고 했었지. 가뜩은 그들은 인색하고 잔인하며 모질기로 소문이 난 가린주머니라고 했었지. 하루는 그 동네에 한 스님이 시주를 받으려고 찾아왔었다고 했었어. 스님은 구두쇠인 백씨의 집에서는 종들에게 자닝스럽게 몽둥이로 얻어맞고. 자린고비인 임씨의 집에서는 모질게 짓밟혔고. 그렇게 스님은 수전노인 부자들에게 자닝스럽게 당했다나. 그리고 마을에서 쫓겨나게 되었다고. 그걸 지켜본 마음씨 좋은 며느리가 쌀을 쪽박에 담아 들고 쫓겨난 스님의 뒤를 따라갔었다고 했었지. 동구 밖에서 스님을 만났고. 스님의 등에 진 바랑에 쌀을 담아주었다고 했어.

스님은 그 은공을 갚으려고 마음씨 고운 며느리에게 한 마디 일러주었다고 했어. 스님의 말인즉 'ㅇ월 ㅇ일에 많은 비가 내려 큰물이 져서 마을 덮치게 되니, 살아남으려면 몸을 피해 억불산을 넘어가야 한다.'고 했다지. 또 다시 이른즉 '산을 넘을 때에는 절대로 뒤를 돌아보지 말라.'고 몇 번을 당부하기도 했었다나. 스님의 말대로 그날이 되자 비는 억수로 많이 내렸고, 큰물이 마을로 밀려들어 덮쳐버렸다고 했지. 마음씨 좋은 며느리는 미리 알고 마을에서 도망쳤고. 목숨을 건지려고 넋을 놓고 정신없이 달아났다지. 억불산을 넘어가면서 스님이 당부했던 말을 깜박 잊어버렸어. 마을이 어떻게 되었는지 궁금해져서 뒤를 돌아보고 말았다나. 며느리는 뒤를 돌아본 그 자리에서 바위로 변해버렸다고 했었지. 며느리가 머리에 쓴 수건이 바람에 날려 떨어진 자리에 건산 마을이 생겼고. 백씨와 임씨가 살던 동네는 탐진강의 백림소가 되어버렸다는 전설?"

　일균은 중이 염불을 외우듯이 혼잣말로 중얼거려댔다. 그리고 며느리바위를 다시 살펴보았다. 뚫어지게 응시했다. 쏟아지는 눈송이 사이로 흐릿하게 보였다. 반갑다고 손을 흔들며 환영해주는 것 같았다.

　"고향이라 포근하구나."

　진일균은 대합실로 들어가며 하늘을 쳐다보았다. 갑자기 강바람이 세차게 불어왔다. 탐스러운 눈송이는 춤을 추듯이 흩날렸다. 탐진강 쪽으로 날아갔다.

2

"참으로 오랜만에 돌아온 고향!"

일균은 칠거리를 다시 둘러보았다. 질컥거리는 거리가 자신의 마음처럼 칙칙하게 보였다. 기쁜 것이 아니라 눈물이 앞을 가렸다.

"눈이 쌓일 모양이지."

일균은 머리에 얹혀있는 눈을 털었다. 대합실로 들어갔다.

"일균아!"

허말녀는 의자에 앉아있다가 벌떡 일어났다. 댓바람에 뛰어갔다. 보자마자 단번에 알아보았다. 반가웠다.

"말녀 누나!"

일균은 목소리로 듣고 알았다. 뜻밖의 일이었다. 몸은 바위처럼 굳어져버렸다. 움직일 수 없었다. 넋을 잃고 물끄러미 바라보았다. 젖은 눈에서는 눈물방울이 주르르 흘러내렸다.

"고향에 오니 너부터 만나는구나."

말녀는 목이 메었다. 젖은 눈가를 손등으로 닦았다.

"몇 년 만이야?"

"1971년 동짓달이니 계산해 보라?"

"고향을 떠난 지 십하고 사오 년 된 것 같은데…?"
"나는 십하고 팔 년이 되었으니…"
"벌써 세월이 많이 흘렀네."
일균은 눈물을 삼켰다.
"살아있으니 만나게 되는구나."
말녀는 볼을 타고 흘러내리는 서러움을 손바닥으로 훔쳤다.
"죽어서는 안 되지!"
일균은 다짐이라도 하듯이 힘주어 말했다.
"어쩐 일이냐?"
"누나는?"
"동짓달 열하루 날이 우리의 생명의 은인인 곽 영도 할아버지의 팔순이 아니냐?"
"나도 그래서 왔는데."
두 사람은 더 이상 말을 하지 못했다. 고개를 숙였다. 볼에 젖어 있는 슬픔을 닦아냈다.
버스가 떠나면서 경적을 울려댔다.

3

두 사람은 한참 동안 말을 못 했다. 늘킴으로 서럽게 흐느꼈다. 얼마나 울었는지 몰랐다. 고개를 들었다. 멍하니 서서 서로를 바라보았다. 어린애들처럼 울고 나니 멋쩍었다. 빙긋이 웃었다.
　대합실 밖에서는 흩뿌리던 눈이 멈추었다. 뚫어진 구름 사이로 빛줄기가 내려왔다. 햇빛은 제암산을 품듯이 감싸 안았다. 사자산에도 빛줄기가 드리워졌다.
　"눈이 그쳤네?"
　일균은 먼산바라기를 하며 입을 열었다.
　"양촌에 가야지?"
　말녀는 두리번거렸다.
　"택시 탈까?"
　"아직 해도 있고…"
　"걸어서 가자고?"
　"우리가 언제 차 타고 읍내에 다녔니?"
　"돈을 아껴야 하니?"
　일균은 말녀의 표정을 살피며 놀려댔다.
　"서울로 갔다더니 벼락부자 되었냐?"
　"시오리 길인데 괜찮겠어?"
　"괜찮고말고."
　"나는 서울에서 사는 사람인데?"
　일균은 서울이라는 말에 힘을 주며 어깻바람을 했다.
　"시커먼 촌놈이!"
　길녀는 눈을 흘겼다.

"누나가 우기면 어쩔 수가 없지. 다리품을 팔 수밖에?"

"언제 너와 만날 수 있겠니. 걸어가면서 도란도란 이야기도 하고…"

말녀는 의자에 놓아둔 보자기를 손에 들었다. 도망치듯이 발 등걸이하였다. 대합실을 나왔다. 햇빛에 눈이 부셨다.

"함께 가야지!"

일균은 허겁지겁 따라갔다. 동교통 다리 위를 걸었다. 햇살은 며느리바위를 감싸고 있었다. 숨어있던 강바람은 장맞이하고 있었다는 듯이 세차게 불었다. 강물로 빠뜨리겠다는 듯이 떠밀며 자드락거려댔다. 바람 속에 감추어진 겨울의 차가움이 살품 속으로 파고들었다. 바늘로 찌르는 것처럼 아렸다.

4

읍내를 나왔다. 자둣다리를 지나쳤다. 행원들녘이 펼쳐졌다. 논뙈기의 여기저기에 눈이 쌓여있었다.

두 사람은 다투어 톨아 진 사람들처럼 묵묵히 걸었다.

"서울에서 산다고?"

말녀는 데퉁스럽게 입을 열었다. 무슨 생각을 하고 있는지 모르지만 답답했다. 가슴이 터질 것만 같았다.

"그래요. 누나는 지금도 여수에 잘 살고 있어요?"

"어떻게 알았어?"
"누나와 헤어진 뒤에 동네 사람들에게 소문으로 들어서…"
"서울에 사니 부자가 되었겠네?"
"부자는 무슨?"
"결혼은 했니?"
"아니. 아직은 나이도 어린데…"
"어떻게 살았니?"
"객지에서 떨꺼둥이 신세가… 도와주는 사람이 없으니 양아치가 될 수밖에…"

일균은 울먹거렸다. 서럽게 살아왔던 지난날들이 눈앞에서 아른거렸다. 서울 생활을 시작할 때에는 비렁뱅이였다. 거지들과 아우러져 더부살이를 했다. 남의 집 대문을 기웃거렸다. 품바나 장타령을 하면서 구걸을 하였다.

"동냥치가 되어 동냥질을 했었구나?"

길녀는 한숨을 쉬었다. 듣지 않아도 알 것 같았다. 자신의 삶이 그러했기 때문이었다.

"그리고 어른들 틈에 끼어 평화시장에서 지게질을 하였고… 지금은 짐차에 짐을 실어주거나 내려주고 있어. 그리고 손수레로 짐을 날라주면서…"

일균은 더듬더듬 말했다. 어깻바람은 가뭇없이 사라져버렸다.

"이제는 자리를 잡았네?"

"걸식은 하지 않으니까."
"나는 여수로 가서 식모살이를 하다가…"
"가정부로 눈칫밥을 먹으며 살았구나?"
"지금은 밥집에서 일하면서…"
"누나도 나처럼 죽지 못해 살고 있네?"
"그러게…"

길녀는 더듬거리며 궤적을 돌아보았다. 만수받이를 하고 나니 답답한 가슴이 조금은 풀리는 것 같았다.

"나는 헤어진 뒤 누나가 보고 싶어 많이 울었는지 몰라…"

일균은 생뚱맞게 말머리를 바꾸었다. 울음보가 터지려고 하는 것을 간신히 참았다. 남의 집 대문 앞에서 깡통을 두들기며 각설이타령을 했던 자신의 모습이 영화의 화면처럼 떠올랐다. 굶주림을 참지 못하고 한강물로 뛰어 내리려고 했던 적이 한두 번이 아니었다.

"나도 네가 보고 싶어서 남몰래 눈물을 많이 흘렸는데…"

말녀는 하염없이 흘러내리는 슬픔을 소맷자락으로 닦았다. 눈물을 참으려고 입술을 깨물었다. 서러움 어느새 알고 복받쳐 올라와 목구멍을 막아버렸다.

5

 태양은 구름 벌어진 사이에서 언 듯 얼굴을 내밀었다. 어느새 뉘엿뉘엿 저가고 있었다.
 추수가 끝난 들판은 휑뎅그렁하여 스산했다. 허수아비는 호젓하게 홀로 서서 들판을 지키고 있었다. 또 먹구름이 하늘을 덮었다. 그믐날의 한밤중처럼 어웅해졌다. 세찬 하늬바람이 불어왔다. 해 설핏해져서 그런지 겨울의 차가운 칼바람으로 변해있었다. 옷 속으로 파고들었다. 온몸이 얼어붙고 있었다.
 된바람은 심술이 났는지 또 몽니를 부려댔다. 가는 길을 막으며 뒤로 떠밀었다. 눈보라를 몰고 왔다. 거칠게 흩뿌려댔다. 잿빛 구름이 쪼개어졌다. 빛줄기는 벌어진 구름의 틈새를 뚫고 손을 길게 내밀었다. 태양의 얼굴은 수줍음을 타는 새색시처럼 붉어졌다. 서산 능선에 숨어서 모습을 반쯤 내밀고 있었다. 부끄러웠던지 얼른 숨어버렸다.
 부산 다리를 건넜다. 과수원 옆을 지나쳤다. 부산 들녘이 질펀하게 펼쳐졌다. 드리워진 땅거미가 짙어져 가면서 어둑어둑해졌다.
 쪼개어진 조각달은 제암산의 멧부리 위로 떠올랐다. 구름 사이로 얼굴을 내밀었다. 어느새 모습을 감추어버렸다. 들바람은 여전히 화풀이를 하듯이 눈송이를 뿌려대며 거칠게 불었다. 짙어가는 땅거미 속에서 몸부림치고 있었다. 전화선을 스쳐 지나가며 신음하듯이 울어댔다.

"까-악 까악 까-악…"

까마귀들이 떼를 지어 부산 들판 위에 나타났다. 어두워져가는 들녘의 허공을 맴돌았다. 들 가운데에 솔밭거리의 묘지인 도래솔로 내려앉았다. 자냥스럽게 떠들더니 조용해졌다.

"솔밭거리!"

말녀는 멈칫하며 깜짝 놀랐다.

"까마귀들이 솔밭에 하룻밤 잠자리인 둥지를 찾았네?"

일균은 무서워 더듬거렸다. 솔밭을 보지 않으려고 고개를 돌렸다. 달이 떴는데 한밤중처럼 캄캄했다.

까마귀들은 도깨비들에게 놀랐는지 갑자기 허공으로 치솟아 올랐다. 어둠 속으로 날아가며 우짖었다.

"솔밭거리에 오니 무섭지?"

말녀는 두려움을 떨쳐 버리려고 흔연스럽게 말했다.

"뜬것이나, 도깨비가 생각나서…"

일균은 태연한 체했다. 오금이 저렸다. 다리가 굳어져 움직여지지 않았다.

"6·25전쟁 때에 자미나 용두마을 사람들을 붙잡아… 읍내로 끌고 가다가… 바로 저기 솔밭거리에서…"

말녀는 숨이 막혔다. 말을 못 하고 더듬거렸다. 마른침을 삼켰다.

"부산들, 들 가운데에 있는 무덤가 도래솔 속에서… 많은 사람들이 총살을 당했다고…"

말녀는 다시 들추어내며 더듬더듬 중얼거렸다. 음침한 소나무 속에서 뜬것이 튀어나와 덮칠 것만 같았다.

"그 혼령이 떠돌며… 도깨비로 변했다고 하던가?"

일균은 동네 사람들에게 자주 들었기에 잘 알고 있었다.

"그래서 끄느름한 대낮에도 도깨비불이 돌아다닌다고 하지 않던?"

말녀의 온몸은 진땀으로 축축하게 젖어들었다.

"…"

두 사람은 더 이상 말을 하지 않았다. 무섭고 두려웠다. 입술을 굳게 다물었다. 자신들이 걷고 있는 발소리가 도깨비들이 따라오고 있는 것처럼 들렸다. 도깨비들이 두런거리는 것 같은 소리도 귓속으로 파고들었다. 멀리 들 가운데에서는 불빛 하나가 반짝거리고 있었다. 순식간에 가뭇없이 사라져버렸다.

6

구름이 지나갔다. 어스름 달빛이 드리워졌다. 별들도 반짝거리며 내려다보고 있었다. 미친 듯이 기세를 부리던 밤바람은 조금 잦아들었다.

"누나!"

일균은 기어들어가는 목소리로 불렀다. 아직도 도깨비의 두려움에서 벗어나지 못하고 있었다.

"응!"

말녀는 신음하듯이 대답했다.

"솔밭거리에서도 양촌 사람들이 밤중에 끌려나와 동네 앞에서 총살당한 것처럼 죽였겠지?"

"당연하지."

말녀는 발 받치고 있었다는 듯이 댓바람에 받았다.

"우리 부모님은 이쪽저쪽도 아닌데… 억울하게 당했어!"

일균은 입술을 깨물었다. 서러움을 꿀꺽 삼켰다.

"그때 일을 기억하냐?"

말녀는 뒤를 돌아보았다. 도깨비가 따라와 옷깃을 잡아당기는 것만 같았다.

"기억하다마다."

"절대로 잊어서는 안 되지. 가슴 깊은 곳에 갈무리해 두었다가… 자주 꺼내어 곱씹으며 음미해야 돼!"

말녀는 하늘을 쳐다보았다. 반짝거리는 별들의 눈동자에 눈물이 그렁그렁 고여 있었다.

"그때 누나도 나도 부모님과 함께 끌려 나와서…"

"그래, 너와 나는 용케도 살아났지?"

"그 일을 어떻게 잊겠어?"
"양촌 마을 사람들이 무슨 죄를 지었다고?"
"좌익우익하며 마구잡이로 죽여대니…"
"마을 사람들이 빨갱이들에게 밥을 해주었다고 해서… 빨갱이 앞잡이라고 해서…"
말녀는 서러움이 복받쳐 흐느꼈다.
"누나 부모님이나 저의 부모님도 그래서…"
"너나 나도 그때에 죽었으면…"
"어서 가. 둥구쟁이에 닿았네."
일균은 귀를 닫았다. 그때 일은 생각도 하기 싫었다.
"도깨비에게 쫓겨서 빨리 왔네."
말녀는 안도 한숨을 쉬었다. 신작로 바로 옆에 있는 집의 봉창에는 불빛이 붙어 희끄무레하게 보였다. 솔밭거리에서 멀어졌다는 사실을 알아차렸다. 이곳에 닿으면 안심이 되었다. 다리에도 힘이 솟았다. 발걸음을 재우쳤다.
수리봉 쪽에서 부엉이의 울음소리가 아스라하게 들려왔다.

7

말녀는 입술을 다물고 묵묵히 걸었다. 육이오전쟁 때의 궤적을 더듬으며 찾아갔다. 가슴속 깊은 곳에 저장해 놓았던 슬픈 사연들을 찾아보았다. 살그머니 덧들어내었다. 되새김질하듯이 잘근잘근 곱씹으며 음미했다.

어느 볕 좋은 아침나절이었다. 인민군들이 떼거리로 양촌마을에 들이닥쳤다.

어디서 갈취해 왔는지 돼지 한 마리를 가져왔다. 동네 앞 도랑에서 돼지를 잡았다. 큰 가마솥에 끓였다.

몇몇 인민군들은 집집마다 돌아다니며 샅샅이 뒤졌다. 부르주아 앞잡이라고 하는 사람들을 골라내어 뒷동산으로 끌고 갔다. 도린곁의 후미진 골짜기에서 사살했다.

그리고 축하를 하듯이 잔치를 벌였다. 돼지를 잡아 삶은 고기로 안주하여 술을 마시며 즐겼다. 빼앗은 쌀로 밥을 지어 배를 불렸다.

하루가 지나고 해거름이 되어 갈 무렵이었다.

집에 있는 사람들은 인민군의 강요에 의해 동네 앞에 모였다.

한 인민군이 동네 사람들 앞에 섰다.

"오전에 부르주아의 개노릇 하던 놈들을 처단했다. 여러분은 혁명적인 통일전선에 참여한 진정한 애국자들이다. 통일혁명군은 작전상 잠시 후퇴를 하게 되었다. 인민군은 무슨 일이 있어도 여러분들을 해방시키려고 다시 돌아오게 될 것이다."

인민군 장교인 그는 마을 사람들 앞에서 열변을 토해댔다. 역적 부르주아의 하수인이 되지 말라고 강요했다. 혁명가로 통일혁명의 들무새가 되어 애국하자고 외쳐댔다.

그리고 인민군은 마을에서 떠났다.

말녀는 어머니와 아버지의 사이에 서서 듣고 있었다.

"애국의 들무새? 통일혁명가가 되라고? 전쟁의 제물이 되라는 소리 아니야?"

아버지는 듣고 나서 코 방귀를 뀌었다.

"통일혁명 좋아하네. 전쟁을 일으켜 무고한 양민들을 적이라고 하며 마구잡이로 죽여 대는 사악한 놈들이. 전쟁으로 국민을 모두 사살하고 통일이 되면 무엇 할 건데? 국민 없는 지도자가 존재할 수 있을까? 적이라고 해서 되는대로 죽이는 것이 혁명이간?"

아버지는 마을 빠져나가는 인민군들을 향해 어깃장을 놓았다. 욕설을 퍼부어댔다. 화가 풀리지 않아 가래침을 뱉어댔다.

"우익이라고 동네 사람들을 골라 잡아가서 뒷동산에서 죽였다고 하네요?"

어머니는 겁에 질려 떨고 있었다.

"양촌 마을에 이쪽저쪽을 가리지 않고 찾아가 고자질을 하는 못된 미친놈이 있는 것 같은데…"

아버지는 혀를 찼다.

'마을에 밀대 꾼이 있다고?'

말녀는 귀 넘어 흘려듣지 않았다. 하나도 빠뜨리지 않고 귀담아 들었다. 잊지 않으려고 가슴 속에 깊은 곳에 차곡차곡 쌓아 갈무리해 놓았다.

8

　인민군이 마을을 다녀간 다음날이었다.
　그날도 동짓달의 된바람이 모질게 불어댔다. 온종일 눈보라가 몰아쳤다. 매서운 칼바람은 땅거미가 드리워지는 해저물 녘 무렵에야 잦아들었다. 어두워지면서 함박눈이 내렸다. 밤새 내린 눈은 두툼한 이불처럼 쌓여갔다.
　한밤중이 지났다. 새날이 시작되는 꼭두새벽이었다. 동짓달의 조각달이 수리봉의 멧부리 위에 얹혀있었다. 새벽닭이 하품하듯이 울어댔다.
　경찰들이 양촌 마을로 들이닥쳤다. 두세 명씩 한 조가 되어 집집마다 찾아다녔다. 잠자고 있는 사람들을 끌어냈다. 피난을 가지 못하고 남아 있는 몇몇 집의 사람들이 끌려나왔다

9

　말녀는 아버지와 어머니의 뒤를 따라 끌려갔다. 쌓인 눈을 밟는 발소리가 무서웠다. 저승사자가 따라오고 있는 것 같았다.
　사립문을 나설 때였다. 수탉이 흐느끼듯이 자들어지게 울고 있

다. 몇 번을 반복해서 홰를 쳤다. 그리고 조용해졌다. 또 닭의 홰 치는 소리가 멀리서 아스라하게 들려왔다. 영락없는 서글픈 장송곡이었다.

"어디로 갑니까?"

아버지는 떨리는 목소리로 경찰에게 물었다.

"알면 무엇 하려고?"

"알면 안 됩니까?"

"네 놈들은 총살감이야."

"왜요?"

"빨갱이들을 도와준 앞잡이니까."

"천격스럽게… 얼토당토않는 소리를 하십니까?"

"증인이 있는데?"

"자진해서 도와준 일은 없는데요."

"며칠 전에 빨갱이들이 양촌에서 돼지를 잡아 잔치를 벌이고 산으로 갔지 않아?"

"자기들이 가지고 와서…"

"마을 사람들이 쌀을 주고 밥도 해주며… 여러 가지 편리를 제공하며 도와주었지 않았어?"

"죽인다고 하니… 죽지 않으려고… 마지못해 어쩔 수없이…"

"거절했어야지!"

"저항이요? 그것도 죄라면…"

"국가를 위해 충성하는 들무새가 되려면…"
경찰은 비웃었다.
"애국이요?"
아버지는 신음하며 되받았다.
"당연하지. 훌륭한 애국자가 되어야지."
"빨갱이들도 자기들이 애국자라면서… 공산주위혁명을 위해… 조국통일혁명을 위해 희생하는 것이 애국이라고…?"
"빨갱이들이라 새빨간 거짓말을 하는 거야."
"숨겨놓은 쌀이 발각되어 빼앗기지 않으려고 저항하다가 죽고… 몇몇 사람을 골라 뒷동산으로 끌려가서 총살하고."
"당당하게 죽는 것이 국가를 위한 충성이야!"
경찰은 싹둑 잘라버렸다.
"그렇게 죽어야 한다고요?"
아버지는 마른침을 삼켰다.
"그걸 말이라고 하나!"
경찰은 신경질을 냈다.
"누군가는 첩자가 되어 자신만 살아남으려고 고자질해서 남에게 덤터기를 씌운다면…?"
아버지는 죽게 되었다는 사실을 알아차렸다. 이왕 죽게 된 몸이니 할 말이나 해야 된다며 당당하게 대거리해야 한다면서 맞섰다.

"어떤 놈이 그런 짓거리를 하는데…?"
"그런 사람이 왜 없겠어요?"
"빨갱이들이라 말이 많다!"
경찰은 솥뚜껑으로 자라를 잡듯이 짓눌렀다.

10

아버지는 경찰의 위세에 짓눌려 잠시 입술을 다물었다.
"한 가지 물어봅시다."
"아직도 할 말이 남아 있어?"
경찰은 가래침을 뱉었다.
"왜 경찰들은 우리를 버려 놔두고 피신했습니까?'
"작전상 후퇴지."
"우리는 피난 갈 곳이 없어서 어쩔 수없이…"
"핑계는 그럴 듯하네? 빨갱이와 한 패거리라 남아서 도와주었겠지?"
"언턱거리 하는 것이 아니라…"
"무어라고?"
"사실이 그렇지 않습니까?"
"새빨간 빨갱이 놈들이!"
경찰은 또 침을 뱉었다.

"이러지도 저러지도 못한 억울한 양민들이 빨갱이라는 겁니까?"
"내 편이 아니면 당연히 적이지. 그래서 총살이야!"
"한 동네에서 구순하게 더불어 살아야 할 이웃사촌인데… 누구든 내 편이 아니면 적이 된 전쟁? 나만 살려고 남을 죽여야 전쟁!"

아버지는 정신병자처럼 중얼거려댔다. 걷고 있는 다리가 휘청거렸다. 발이 헛디뎌졌다. 쌓인 눈이 미끄러워 넘어지려고 하였다.

11

달은 수리봉 위에서 지정거렸다. 쪼개진 구름 사이로 몰래 엿보고 있었다. 잿빛구름은 다시 밀려왔다. 보아서는 안 된다는 듯이 가려버렸다. 위쪽 골에서 성난 삭풍이 불어댔다. 먹구름이 벌어졌다. 달빛은 날카로운 시선처럼 내려왔다. 동네 앞을 비추며 희끄무레하게 밝혔다.

동네 앞에는 마을 사람 몇 명이 끌려 나와 있었다. 쌀을 빼앗겼거나 인민군에게 밥을 지어 주었던 사람들이었다.

어린 진 일균은 부모님과 함께 끌려나와 있었다.

경찰 여러 명이 총으로 위협하며 끌려 나온 동네 사람들을 에워쌌다.

"이 사악한 빨갱이 놈들을 빨리 해치우고 다른 마을로 떠난다."

누군가가 명령했다.

"동네 앞에서요?"

한 경찰이 대거리하듯이 말했다.

"그래. 동네 앞 은행나무가 있는 논뙈기로 데려가서."

누군가는 총을 쏘듯이 말했다.

"이 사악한 빨갱이 놈들. 나를 따라온다."

한 경찰은 앞장섰다.

빨갱이라고 해서 끌려 나온 동네 사람들은 은행나무가 있는 논배미의 한쪽에 세워졌다.

"따따따다다…"

총성은 남산과 뒷동산에 메아리를 만들었다. 맥놀이처럼 울려대며 들녘으로 퍼졌나갔다.

마을 사람들은 총탄에 맞아 쓰러졌다. 그렇게 총살당했다.

어머니는 총소리가 나자 딸 말녀를 끌어당겨 품에 안았다. 아버지는 어머니를 감쌌다. 말녀는 부모님과 함께 넘어졌다.

총성이 멈추었다.

경찰들이 마을 사람들의 주검을 확인하며 지나쳐갔다.

말녀는 부모님 사이에 끼어서 살아있었다.

12

먼동이 트고 있었다. 핏빛 같은 아침노을이 해돋이의 하늘에서 번져갔다.

말녀는 잃었던 정신을 되찾았다. 몸이 차가웠다. 부모님의 주검을 떠밀고 벌떡 일어났다. 온몸에는 아버지와 어머니의 피로 범벅이 되어있었다.

"아버지, 어머니, 죽으면 안 되어요."

어린 일균은 부모님 시체를 끌어안고 서럽게 울고 있었다.

13

곽영도 어디서 오는지 신작로를 살걸음을 걸어왔다. 동구 밖에 이르자 붉은 해가 얼굴을 내밀었다.

"저 애들은 죽지 않았네?"

일균은 동구 밖에서 장승처럼 서버렸다. 한숨을 쉬며 물끄러미 바라보았다.

"우리 부모님이 무슨 죄를 지었다고… 우리 부모 살려내라!"

말녀는 부모님의 주검을 어루만지며 통곡하고 하였다.

영도는 애들이 울고 있는 곳으로 다가갔다.

"한번 죽어버린 엄마 아빠가 어떻게 살아나겠니."

"애들아 그만 울고 우리 집으로 가자."

"그 놈의 전쟁이 엄마 아빠를 죽였구나."
"전쟁이 너희의 부모님을 데려갔구나."
"그 놈의 전쟁 때문에… 그 놈의 전쟁 때문에…"
곽 영도는 정신병자처럼 중얼거려댔다.
서럽게 울고 있는 어린애들을 달래었다.
집으로 데려갔다.
문간방에서 재워주고 함께 살았다.
허 말녀는 전쟁이 끝난 이듬해 봄에 어디론 가로 보내졌다.
진 일균은 곽 영도 집에서 몇 년 간 꼴머슴으로 더부살이를 하였다.
그리고 동네에 사는 형을 따라 서울로 외입을 나갔다.

14

"양촌 마을이다."
허 말녀는 동구 밖 신작로에서 발을 멈추었다. 수리봉을 넘어 골짜기를 따라 내려온 골바람이 드세게 불어왔다. 구름이 걷혔다. 뜬것의 옷자락 같은 어스름 달빛이 마을 앞에 내려앉았다.
"우리 부모님이 저 논뙈기 은행나무 밑에서…"
일균은 발이 굳어져 움직일 수가 없었다.
"마을 사람들이 무슨 죄를 지었다고? 기가 막혀서…"

"운 좋게 누나와 나는 살아났고…"
일균은 흐느꼈다.
"어서 가서 곽영도 할아버지를 뵈워야지."
말녀는 입술을 질근 깨물었다. 일균의 옷깃을 잡아당겼다.
구름이 달빛을 가렸다. 마을은 짙은 어둠이 시커먼 보자기처럼 감싸고 있었다.

15

방안은 무덤 속처럼 조용했다. 주검 같은 적막으로 단단히 굳어 응고되어 있었다. 꽁꽁 얼어붙은 얼음장처럼 차가웠다.
곽 영도는 큰절을 받고 나서 입술을 굳게 다물고 담배만 피워댔다. 무슨 말을 해야 하는데 입술이 열리지 않았다.
"살아있었구나!"
영도는 담뱃대의 담배통을 재떨이에 털며 말했다.
"진작 찾아뵈어야 했는데…"
말녀는 힐끗힐끗 살펴보았다. 자신도 모르게 눈물이 주르르 흘러내렸다.
"무슨 일로 찾아왔지?"
영도는 땅이 꺼져라 한숨을 쉬었다.
"할아버지의 팔순이라…"

"동짓달 열하룻날 밤이 너희의 부모님 제삿날이기도 하지?"
영도는 다시 담배통에 살담배를 짓이겨 넣었다. 성냥불을 켜 담배에 붙이며 물부리를 빨아댔다.
"그래서 묘 앞에서 큰절이라도 해야 하지 않겠어요?"
일균은 어깃장을 놓았다. 곽 영도의 팔순보다는 부모님의 죽음 때문에 찾아왔다.

16

"그런데, 집안이…"
허 말녀는 할아버지의 모습을 찬찬히 훑으며 뜯어 살펴보았다. 두동치활의 형색이 저승사자를 품고 있었다.
"나는 죄를 많이 지어서… 그래서 그런지 말년이 되어 혼자가 되었다."
영도는 콜록거리며 담배를 빨아댔다.
"나이가 들면 누구나…?"
말녀는 방 안을 둘러보았다. 영락없는 무덤 속에서 송장이 앉아있었다.
"곽상순 형은요?"
일균은 고개를 갸웃거렸다.
"아들 하나 있는 것 십여 년 전에 병으로 죽어버렸고…"

"외동아들이 죽었다고요?"
일균의 입술에는 알 수 없는 미소가 번져갔다.
"할멈은 재작년에 저승으로 가버렸단다."
영도는 더듬더듬 중얼거렸다. 그리고 기침을 해댔다.

17
"할아버지는 벌을 받아 싸지요!"
말녀는 기다렸다는 듯이 가슴에 비수를 꽂듯이 말했다. 단단히 굳어있는 원한의 앙금을 풀어야 되었다.
"억울한 동네 사람들을 되는 대로 많이 죽였으니…"
일균은 쇠메를 들고 발 받치고 있다가 뒤통수를 치듯이 말했다. 그 사실을 몰랐을 때에는 도와주는 은인이라고 생각했다. 알고 보니 부모님을 죽인 원수였다.
"낮에 한 말은 새가 듣고, 밤에 한 말은 쥐가 듣지 않아요?"
말녀는 조곤조곤 씹어댔다. 이쪽저쪽 찾아다니며 남몰래 꾸민 모든 사실이 낱낱이 덧들어났다. 여러 사람의 입에서 오르내리며 회자대고 있었다.
"발 없는 말이 천 리 가기도 하고…"
일균은 고수가 판소리 할 때에 장단을 맞추듯이 말했다.
"세상에 비밀은 없지요."

말녀는 발림을 하듯이 추임새를 메기었다.

"얼넘어가려고 감추고 또 속여도 언젠가는 덧드러나 세상에 알려지는 법이고요."

두 사람은 겨끔내기로 만수받이하며 을러댔다. 가슴에 쌓여 응어리진 원한을 풀겠다는 듯이 덤벼들었다.

"이제와서 거짓말하면 무엇 하겠니. 미안하다. 미안해. 총으로 사람을 죽이는 전쟁이, 무지막지한 전쟁이, 전쟁이, 그 놈의 전쟁이…"

영도는 치매를 앓고 있는 노인처럼 중얼거려댔다.

18

"할아버지께서는 양다리 걸치고 무고한 마을 사람들을 해코지를 했다면서요?"

말녀는 다그치며 따지고 들었다. 언젠가는 한풀이를 해야 한다며 단단히 벼르고 있었다. 그래서 팔순을 핑계로 찾아온 것이다.

"그러게 말이다… 해서는 안 될 짓거리였는데… 내가 살려고… 전쟁 통에 개죽음을 당하지 않으려고… 나만은 꼭 살아야 되겠기에…"

영도는 부인하지 않았다. 흐르는 눈물을 소매로 닦았다. 그 말밖에는 할 수가 없었다. 양심의 가책 때문이었다. 자신이 만들어 놓은 높은 담에 갇혀 살아왔었다.

"남을 죽이고 당신만 살겠다고?"

일균은 가슴을 쳤다.

"이쪽도 저쪽도 아닌 무고한 한 동네 사람들에게 덤터기를 씌워 조작해서까지…?"

말녀는 가슴이 터질 것만 같았다. 애타게 장맞이한 이 좋은 기회를 놓칠 수 없었다.

"나만 살겠다고. 죄 없는 남에게 그런 잔인하고 모진 짓거리를 했으니…"

일균은 판결을 하는 판사처럼 말했다.

"그래서 지금까지 살아온 삶이… 가시방석에 앉아있는 기분이었다."

영도는 더듬거리며 고개를 숙였다.

"그런 짓거리를 하지 않았으면…?"

일균은 생각할수록 기가 막혔다.

"공칙스럽게 된 거지. 난들 알겠니. 민족의 통일을 외치며 전쟁을 일으킨, 그리도 잘난, 위대하신 애국자이시며 영웅이라는 그분들에게 물어보아라. 백성을 사랑하신다는 출세하신 유명한 지도자 분들에게…"

"아무리 그렇다고…? 함께 살아남을 수 있는 방법도 있었을 텐데…"

 말녀는 할 말을 잃었다. 무슨 말을 해야 할지 생각이 나지 않았다.

 "나는 살려고 한 죄밖에… 전쟁이, 전쟁이, 그 무지막지한 못된 마귀 같은 사악한 전쟁이…"

 영도는 머리로 벽을 들이받았다.

 "그놈의 전쟁이 무어라고?"

 말녀는 부모님의 주검 앞에서 흐느끼듯이 통곡했다.

 "남은 적이라고 죽여도… 나만은 반드시 살아야 남아야 하는 것… 그것이 전쟁이여!"

 곽 영도는 정신을 놓은 사람처럼 더듬거렸다. 전쟁에게 언턱거리하며 변명하고 있는지 몰랐다. 하염없이 흘러내리는 눈물을 닦으며 서럽게 울고 있었다.

(2023년 《월간문학》 2월호)

어깨동무

1

"뜸북뜸북 뜸북새 논에서 울고 뻐꾹뻐꾹 뻐꾹새 숲에서 울 때…"

한무진은 정정옥과 어깨동무를 하고 신작로를 걸어가며 동요를 부르고 있었다. 학교가 파하여 책보를 어깨에 둘러메고 집으로 가는 중이었다. 탐스럽게 살이 오른 봄볕 속으로 따뜻한 명지바람이 파고들었다. 부드러운 어머님의 손길처럼 어루만지며 지나갔다. 향긋한 봄 냄새 같은 벚꽃의 향기가 바람에 실려 와 콧속으로 파고들었다.

"벚꽃이 흐드러지게 피었네."

정옥은 발을 멈추었다. 꽃이 탐스럽게 피어있는 벚나무를 쳐다보았다.

"벚꽃이 떨어지고 있어."

무진은 장승처럼 서서 소리쳤다. 벚꽃의 꽃잎이 함박눈이 내리는 것처럼 우수수 떨어지며 바람에 흩날렸다. 하얀 꽃잎 하나가 파란 하늘 속으로 빨려 들어갔다.
"버찌가 열렸다."
"까맣게 익었지 않아."
한순간에 벚꽃이 피었다. 꽃잎이 떨어졌다. 버찌가 탐스럽게 익어있었다.
"며칠째 굶어, 배가 고프니 버찌나 따먹자."
"맛있겠지."
무진은 정옥과 함께 군침을 삼키며 벚나무에 올라갔다.
"아야!"
무진은 나무을 오르다가 주르르 미끄러졌다. 깜짝 놀라 눈을 떴다. 꿈이었다.
'너나들이하며 무람없이 지내던 어릴 적의 어깨동무 친구가 오늘 밤에도 찾아와…'
무진은 꿈을 되새겨 곱씹으며 음미했다.
"무슨 꿈이지? 왜 요사이 꿈속에서 정옥의 모습이 자주 보일까? 보고 싶어서?"
무진은 벌떡 일어났다. 잠에서 깨어났으니 밤잠은 이것으로 끝난 셈이었다. 밤중이라 방안은 어두웠다. 더듬거리며 불을 켰다. 벽에 기대고 앉았다. 어릴 적에 정옥과 함께 어깨동무하고 초등

학교를 다니던 때의 궤적을 더듬어 찾아갔다. 아침에 등교하거나 학교가 파하여 집으로 돌아올 때에는 항상 다붓이 붙어 어깨동무를 하거나 손을 잡고 함께 다녔다. 봄이면 뒷동산에 올라가 진달래꽃을 꺾었다. 산속에서 놀다가 해거름이 되어 내려왔다.

"정옥이 보고 싶구나. 지금도 살아있을까?"

무진은 중얼거리며 꿈을 다시 반취했다. 어릴 적으로 되돌아가니 정옥이 옆에 있는 것처럼 노파리가 났다. 흥분하여 얼굴이 화끈거렸다.

"뻐꾹 뻐꾹 뻐꾸기…"

정옥은 두런두런 동요를 부르며 꿈을 잘금잘금 곱씹어 맛있게 삼켰다. 남의 집 단감나무에서 익은 단감을 따 먹은 것처럼 달콤했다.

"나이가 구십이 되어가니 어린 벗이 더욱 그리워지나 보다."

무진은 꿈의 환상에서 벗어났다. 현실로 돌아와 죽을 때가 된 자신을 돌아보았다. 어느새 눈가가 축축하게 젖어 있었다. 손등으로 눈물을 닦았다. 나이가 들어서 그런지 항상 눈가가 축축하게 젖어 있었다.

"소쩍, 소쩍, 소쩌쩍…"

두견이는 뒷동산 도래솔에 앉아 구슬프게 울어댔다. 봄이면 항상 찾아와 해저물 녘부터 먼동이 틀 때까지 지새워 흐느꼈다. 언젠가는 한낮에 찾아와 서러움을 토해냈다.

"저놈의 소쩍새는 봄이 되면 예나 지금이나 찾아와 피를 토하듯이 애절하게 울고 있구나."

무진은 또 손등으로 눈물을 닦았다. 저승사자는 귀촉도와 함께 자신을 데려가려고 찾아온 것 같았다. 그래서 더욱 서럽게 들렸다.

2

오늘도 어느새 하루해가 뉘엿뉘엿 저물어가고 있었다. 봄이라 그런지 수리봉의 고스락 위에 얹혀 해넘이를 찾아 기어들어가는 태양에서도 탐스러운 햇살이 흐벅지게 쏟아져 내려왔다. 토실토실 살이 오른 고향의 봄볕은 영락없는 어머니의 품속이었다. 어릴 적에 너나들이하며 벌거벗고 함께 뛰놀던 벗의 곰살가운 우정과도 같았다.

'초등학교에 다닐 적에 한무진과 함께 어깨동무하고 반산의 비탈진 신작로를 다녔었지. 지금쯤 벚꽃이 만발하여 환한 꽃길이 되어있어야 하는데… 버찌가 익으면 따먹었고. 신작로의 벚나무는 사라지고 넓은 아스팔트 길로 잘 다듬어졌구나.'

정옥은 숨이 차 걷던 발을 멈추었다. 두리번거리며 주변을 살폈다. 고향 마을이 가까워지자 흥분하여 가슴이 두근거렸다. 눈물이 핑 돌았다. 죽기 전에 꼭 한번은 찾아오고 싶었다. 그래서 어제 살고 있던 강원도 산골에서 나왔다. 여러 해 동안 마음속으로 준비해 왔던 귀향을 행동으로 옮겼다.
 '무진은 함께 뒷동산에 올라 두견화를 꺾던 허물없는 친구였지!'
 정옥은 구부정한 허리를 폈다. 다시 숨을 몰아쉬었다. 부린 살처럼 걷고 있는데 발바닥은 땅에 붙어 떨어지질 않았다. 반산의 편편한 비탈길이 된비알의 재를 넘어가는 것처럼 힘에 겨웠다.
 '무진은 살아있겠지?'
 정옥은 재우쳐 걷던 발걸음을 멈추었다. 갑자기 무거워졌다. 발바닥이 아스팔트에 붙어 떨어지지 않았다.
 '살아있어야 돼. 나를 만나지 않고 먼저 저승으로 가버렸으면 안 돼.'
 정옥은 고개를 저어댔다.
 '나를 살려주어 제 명대로 살게 해준 것이 참으로 고맙고 감사했다는 말을 꼭 해야 되니까.'
 정옥은 발을 옮기면서 미친 사람처럼 중얼거려댔다. 눈에서는 눈물이 주르르 흘러내렸다. 마음은 어느새 무진의 집 마당에 서 있었다. 옮기는 발은 힘에 겨워 천근만근이었다. 마음 한편에는 자신이 빨갱이라는 두려움으로 가득했다. 고향을 버리고 빈재를 넘어가던 때의 일이 떠올랐다. 머리끝이 오싹하게 치솟았다.
 "여기까지 왔으니까…"

정옥은 불안감을 떼어버리고 싶었다. 입술을 지그시 깨물었다.
"내 나이가 몇이냐? 얼마나 더 살려고…"
정옥은 자신을 달래었다. 서러움은 먼저 알고 찾아들었다. 눈가를 촉촉하게 적시었다. 손등으로 쓱쓱 문질러 닦았다.
'며칠 전 꿈속에서 보았던 고향인 양촌마을이 바로 앞에 있구나.'
정옥은 동구 밖에서 장승처럼 서 있었다. 바로 앞에 있는 마을을 바라보았다.
'팽나무는 그대로인데, 논둑의 은행나무도, 봄이면 진달래꽃이 활활 타오르던 남산과 뒷동산도 변함이 없고… 문 안의 수리봉은 여전히 마을 지키는 수호신처럼 굽어보며 있으며, 금방이라도 하늘로 날아오를 기세로구나.'
정옥은 저녁노을로 물들어가는 수리봉의 산마루 위를 응시했다.
'한무진, 너는 나를 만나기 전에 이승을 등져서는 안 돼!'
정옥은 불안하여 어찌해야 좋을지 몰랐다. 고향 마을 앞에 서 있으니 더욱 두려웠다.
'언젠가 꿈속에서는 무진이 꽃상여를 타고 동구 밖으로 나가던데…'
정옥은 한참 동안 양촌마을을 물끄러미 바라보았다. 친구 무진의 모습이 떠올라 또 눈물을 흘렸다.

'옛날의 궁상맞은 초가집은 한 채도 없네.'

정옥은 변한 고향마을을 바라보며 또 눈물지었다. 해저물 녘에는 초가집들의 굴뚝에서 밥 짓는 연기가 모락모락 피어올라야 되었다.

'몇 년 만에 찾아온 고향인가? 내 나이가 여든아홉이니… 약관의 나이 스무 살에 고향을 떠났고…"

정옥은 손가락을 꼽아가며 헤아려보았다.

"무진아 살아있어야 된다."

정옥은 붉게 물들고 있는 하늘을 응시했다. 마음속으로 수없이 외쳐댔다.

"여기까지 왔으니 찾아가면 알게 되겠지."

정옥은 천천히 걸었다. 발을 옮길 적마다 숨이 차올랐다. 마을 앞 공터로 들어섰다. 한쪽에 아담하게 자리 잡은 회관이 역려처럼 찾아온 손님을 반겨주었다.

'이 운동장에서 해방맞이를 했었지.'

정옥은 일본이 항복했던 때의 일이 떠올랐다 눈앞에서 아른거리며 지워지지 않았다. 지새우며 농악놀음으로 해방의 기쁨을 만끽했었다. 명절이나 동네에 경사스러운 일이 있을 때에는 어김없이 농악으로 잔치를 벌였다.

'가을이면 팽나무에서 검게 익은 팽을 따먹으며 허기를 달래었는데…'

정옥은 팽나무 밑에 서 있었다. 오르내리던 나뭇가지를 낱낱이 살펴보았다. 팽나무의 그늘은 동네 사람들의 무더위를 씻어주는 편안한 쉼터였다. 나무 밑 우산 각은 참으로 시원했다. 여름에 들일을 하고 지친 몸으로 더위를 피해 찾아온 마을 사람들의 편안한 안방이었다. 산들바람 속에 즐기는 낮잠의 몇 분은 꿀맛이었다. 시원하게 불어오는 바람은 피로를 맑음이 씻어주었다.

"까악- 까아악 깍깍…"

뒷동산에서 날아온 때까치 한 마리가 팽나무의 우듬지에 앉아 큰 소리로 우짖었다. 태양은 어느새 해넘이로 기어들어갔는지 가뭇없이 사라져버렸다. 저녁노을이 뒷동산 산마루 위에서 붉은 물감을 풀어 놓은 듯이 번져갔다. 솜뭉치 같은 흰 구름에도 황토빛이 배어들었다.

3

"누굴까?"

정옥은 장승처럼 서 있었다. 침침한 눈을 비비며 찬찬히 살펴보았다.

"담 밑에 나처럼 곤쇠아비 된 두동치활의 할아버지가 서 있네."

정옥은 노인을 보니 괜히 반가웠다. 자신도 모르게 흥분했다. 눈까풀을 끔벅거리며 할아버지에게 다가갔다.

"저어-. 한무진이란 분을 찾아왔는데요. 혹시…"

정옥은 다시 살펴보며 다가갔다. 더듬거리며 말했다. 잘 보이지 않아 눈동자를 크게 뜨고 찬찬히 살펴보았다.

"누굴 찾아와요?"

무진은 정옥이라는 것을 단번에 알아보았다.

"한무진이란 사람이 아직도 이 마을에서 살고 있는지…"

정옥은 알아보지 못하고 얼버무렸다.

"자네 정정옥 맞지? 내가 한무진이야."

무진은 정옥을 알아보고 텁석 끌어안았다.

"죽지 않고 살아있었구나!"

정옥은 반가워 힘껏 안아주었다.

"날 찾아왔다고? 그렇지 않아도 온종일 기다리고 있었어. 어젯밤 꿈속에서 자네를 보았어. 함께 어깨동무하고 동요를 부르며… 어서 집으로 가세."

무진은 눈물을 닦으며 앞장섰다.

"내 꿈을 꾸었다고? 나도 며칠 전에… 나는 자네를 보지 못할 것 같아 걱정했는데…"

정옥은 꿈 이야기를 하지 않았다. 마냥 반가워 서러움이 복받쳤다. 엉엉 소리 내어 울고 싶었다.

"우리 나이가 구십이 되어가니… 어서 집으로 가서 저녁이나 먹세. 지난해에 마나님이 저승으로 가서 나 혼자 살고 있다네."

무진은 노파리가 났다. 덩실덩실 춤이라도 추고 싶었다. 구부정한 허리를 질질 끌며 힘주어 걸었다.

"나도 저지난해에 할망구가 이승을 등져버렸는데…"

정옥은 뒤를 따라가며 장단을 맞추었다. 나이가 드니 어쩔 수 없이 받아들여야 할 일이었다. 누구도 거역할 수 없는 자연의 섭리였다.

"꼬끼오…"

마을 안쪽에서 수탉이 목청을 가다듬고 소리쳤다. 반가운 손님을 환영하는 나팔소리 같았다. 지루한 하루를 보냈으니 아늑하고 포근한 보금자리를 찾아가며 부르는 행복한 노랫소리였다.

4

방안은 조용했다. 두 사람은 서로를 바라보며 한참 동안 말이 없었다. 남과 북이 철조망을 사이에 두고 상대방을 지켜보고 있는 것 같았다. 할 말이 많았는데 무엇부터 꺼내야 할지 몰랐다. 서로가 먼저 입 열기를 장맞이하고 있는지도 몰랐다. 긴장감이 흘러 잔인하게 짓눌러댔다.

"우리가 왜 헤어졌지?"

정옥은 뒤넘스럽게 입을 열었다. 방안의 휑뎅그렁한 공간이 적막으로 단단히 응고되어 있는 것 같았다. 총구를 겨누고 전쟁을 하는 것 같아 두렵고 무섭고 싫었다. 뜬것이 찾아와 괴롭히는지도 몰랐다. 이 질문은 지금까지 살아오면 항상 마음속에 가시처럼 박혀 찔러대며 괴롭혔었다. 자신에게 큰 잘못이 있었던 같아 괴로웠다.

"살기 위해서 이였겠지?"

무진은 마른침을 삼켰다. 어느 누구에게도 입도 뻥긋하지 않고 어느 날 갑자기 군대로 가버렸다. 부모님에게도 숨겼다. 새벽에 집을 떠나면서 알려주었다. 그때의 상황이 그렇게 만들었다.

"그래서 나에게 말 한마디도 하지 않고 군대에 입대했어?"

"자네가 공산당원으로 혁명에 열성이어서…"

무진은 시대적 상황을 생각했다. 군인이 되는 것이 좋을 것 같아 소신대로 입대했다. 공산당인 정옥에게 귀띔해줄 여건이 되지 못했다. 서로 적이 되기 때문이었다.

"그랬었구나."

정옥은 고개를 끄덕였다. 자신은 공산당원으로서 군인이나 경찰을 싫어했었다. 이념과 정치적 현실이 자신의 꿈과는 전혀 다르기 때문이었다. 그 사실을 알고 있기 때문에 말하지 못했을 것이다.

두 사람 사이에 대화가 끊겼다. 방안은 다시 적막으로 단단히 굳어버렸다.

"소쩍 소쩍 소쩍…"

두견이는 방안 분위기를 깨뜨리려고 서럽게 흐느끼는 울음소리를 흩뿌려댔다. 밤은 시나브로 이슥하게 깊었다.

"꼬끼오- 꼬끼오…"

멀리서 첫닭의 홰치는 아스라하게 들려왔다. 하루가 지났다는 시간의 흐름을 노래하고 있었다.

무진은 말없이 일어났다. 잠자리를 폈다. 정옥과 나란히 누웠다. 잠을 청했다. 눈꺼풀은 감기지 않았다. 눈동자는 초롱초롱 빛났다.

"한 가지 물어보세."

정옥은 모로 누워 무진을 바라보며 입을 열었다.

"무언데?"

"육이오 전쟁이 끝나고 화학산 빨치산 토벌 작전 때에 왜 나를 살려 주었어?"

"왜, 어깨동무인 자네를 살려주었냐고?"

"전쟁 때에는 적이지 않아?"

"그럼 나도 하나 물어보세."

"말해 봐."

"자넨 왜 우리 가족을 살려주었어? 어깨동무인 가족이어서?"

"…"

정옥은 할 말을 잃었다. 굳게 다문 입술을 지그시 깨물었다. 육이오를 생각하니 눈물이 핑 돌았다.

"소쩍 소쩍 소쩍…"

소쩍새는 더욱 서럽게 울어댔다. 육이오전쟁 때에 사살되었던 원혼들이 찾아왔다. 죽어가면서 흘렸던 피를 다시 흩뿌려대고 있었다. 전쟁통에 무고하게 죽은 불쌍한 양민들의 영혼들도 합세하여 하소연하고 있었다. 아무것도 모르는 무식한 내가 무엇 때문에 희생되어야 했느냐고…

5

"그래, 내가 먼저 말하지."

정옥은 한참 동안 생각하다가 무겁게 입을 열었다. 한숨을 몰아쉬었다. 마른침을 삼켰다. 입술을 지그시 깨물었다. 육이오전쟁통의 궤적을 더듬어 찾아갔다. 눈물이 주르르 흘러내렸다. 죽느냐 사느냐 하는 목숨이 걸려있어 무섭고 불안하고 괴롭고 고통스러웠다. 몸서리치는 지긋지긋한 전쟁이었다.

1945년 8월 15일 일본이 항복하여 한반도는 해방이 맞이하였다.

한반도의 땅덩이가 미국과 소련에 의하여 둘로 나뉘었다.

1950년 6월 25일 전쟁이 터졌다. 북에서 인민군이 내려왔다.

정옥은 산속에 숨어 공산주의혁명을 하다가 집으로 돌아왔다. 면당 청년위원장이 되었다. 더불어 잘살아 보자는 구호 아래 열성을 다하였다. 위대한 혁명과업수행에 들무새가 되어 충성했다.
 겨울이 깊어가는 몹시 차가운 날의 밤이었다. 모질은 칼바람과 함께 함박눈이 펑펑 쏟아졌다. 삭풍은 나뭇가지를 스쳐지나가며 몸부림쳐댔다.
 "추우니 오늘 밤에는 숙직실에서 자자."
 정옥은 몸에서 눈을 털어내며 숙지실로 갔다. 혁명과업수행을 위하여 밤에 마을을 다녀왔다. 누군가가 아궁이에 불을 지펴놓았었다. 숙직실 아랫목은 따끈했다. 눕자마자 피곤하여 곯아떨어졌다. 얼마나 잤는지 몰랐다. 귓속으로 사람의 말소리가 파고들었다. 꿈을 꾸고 있는 것 같았다. 잠결에 들리는 청년당원들의 대화를 엿들었다. 눈을 감고 자는 척하며 귀담아듣고 있었다.
 "턱골 부잣집에 자네가 불을 질렀어?"
 "그래."
 "무엇 때문에?"
 "가멸은 부잣집이니까."
 "자네는 부모님을 일찍 여위고 그 집에서 더부살이를 했지 않아?"
 "짐승처럼 부려먹은 데 대한 복수의 앙갚음을 했지."
 "그 집에서 어릴 적부터 자식처럼 꼴머슴살이를 했으면서?"
 "그것에 대한 보복이야."
 "그 집에서 머슴살이를 하지 않았으며 굶어 죽었을 수도 있었지 않아?"

"그건 사실인데…"

"어찌 되었던 한 식구가 되어 함께 살았으니 자신 가족처럼 도와주는 안갚음을 하여도 모자랄 판인데… 복수의 적개심으로 엄청난 앙갚음으로 되갚음을 하였으니…"

"혁명은 인정 가지고는 안 된다고 하지 않아…"

"집에서 자고 있던 그 집 딸이 불에 타 죽었다고 하던데…?"

"쓸데없는 소리 하지 마. 내일 밤에는 양촌마을의 한무진 집에 불을 지를 거야. 그의 가족을 잡아 죽이고!"

그는 머슴으로 살아왔던 원한의 복수심으로 가득했다. 사회에 대한 적개심으로 불타올랐다. 천대받고 살아왔던 억울함을 누구에게든 모두 되갚아주고 싶었다.

"무슨 이유로?"

"한무진은 군인이고 그의 가족은 우리의 적이니까."

"무고한 사람을 죽이고, 사람이 사는 집에 불을 지르니까 좋아?"

"좋기는 무어가 좋겠어. 그냥 보복하는 거지. 지금까지 당하고만 살아왔던 세상에 대한 한풀이를 한다고나 할까?"

"왜 하필이면 자네가 고아가 되었을까?"

"난들 알아?"

"그 사람들이 자네와 무슨 원수를 졌는데?"

"부자라는 이유로 더부살이하는 머슴을 개돼지 취급하며 모질게 구박했지. 남의 몸뚱이는 끌로 파도 아프지 않다고 하지 않아. 그래서, 머슴들을 잔인하게 짐승처럼 부려먹은 자들이니까."

"그렇게 앙갚음으로 되갚음 하는 것이 혁명일까?"

"혁명 같은 것은 나는 몰라."

"부자라고 해서 무조건 사람을 죽이는 것만이 능사가 아니야. 함께 더불어 잘살아 보자는 것이 혁명이지. 쓸데없는 짓거리 하지 말고 잠이나 자. 인과응보야."

누군가가 아버지처럼 꾸짖었다.

'이건 아닌데…'

정정옥은 정신이 번쩍 들었다. 잠이 달아나버렸다. 자신의 생각과는 전혀 다른 결과였다. 더불어 잘사는 것이 혁명이라고 여겨왔다.

'그래, 잘산다고 하여 무조건 죽여서는 안 된다. 모두가 함께 잘살아 보자는 것이지 살인을 하자는 건 아니야. 어쩔 수없이 우리나라 땅덩이가 두 동강 났다. 이념도 갈라졌고. 서로 적이 되었지만 동족임에 틀림없다. 돕고 살지는 못할망정 죽여서는 안 되지. 안 되고말고! 한무진은 군인이지만 나와 어깨동무이고.'

정옥 잠자리에서 일어났다.

'빨리 한무진의 가족을 살려야 한다.'

정옥은 눈을 비비며 일어났다. 변소에 가는 체하며 숙직실에서 나왔다. 양촌마을로 향했다. 부린 살처럼 눈이 쌓인 신작로를 달렸다. 자신의 집으로 가지 않고 한무진의 집으로 향했다. 수탉이 홰를 쳐댔다. 제암산 산마루 위가 여명으로 희붐하게 밝아졌다.

6

 1953년 7월 17일 휴전이 되었다. 전쟁이 완전히 끝난 것이 아니었다. 잠시 쉬자는 휴전협정이었다. 언제 어느 곳에서 무슨 이유로 다시 전쟁을 하게 될지는 알 수 없었다. 얄궂고 이상야릇하며 불안한 정전협정이었다. 영원한 평화협정이었으면 좋으련만.
 정전이 되자 공산당당원과 빨치산과 모든 빨갱이들의 토벌작전이 시작되었다.
 "이게 무슨 꼴이야. 우리 집이 쑥대밭이 되었네. 내가 군인이라고 우리 집에 불을 질렀겠지. 우리 가족은?"
 무진은 마당 가운데에 서서 불에 탄 집터서리를 둘러보았다. 하늘을 쳐다보며 헛웃음을 지었다. 머리끝이 섬뜩하게 치솟았다.
 "우리 아들 무진이가 살아서 돌아왔네. 내 아들 무진이가 틀림없냐?"
 아버지는 인기척을 듣고 움막 속에서 나왔다. 아들을 물끄러미 바라보며 반겼다. 믿어지지 않았다. 꿈인 것만 같았다. 자신의 몸을 꼬집어보았다. 소식이 없어 전쟁터에서 전사했으리라고

여겼었다. 살아서 돌아오니 이보다 더 좋은 일이 없었다. 덩실덩실 춤이라도 추고 싶었다. 넋을 놓고 장승처럼 서서 뚫어지게 응시했다.

"누가 우리 집에 이런 짓을 했어요?"

무진은 울분을 억제하지 못하고 뒤듬바리처럼 데설궂게 따지고 들었다.

"누가 했겠니?"

아버지는 아들의 목소리를 듣고서야 조심스럽게 다가갔다.

"빨갱이 놈들이! 면 청년당원인 정정옥이 한 짓거리지요? 나쁜 자식. 친구 집에 불을 지를 수가 있어."

무진은 눈동자를 까뒤집었다. 눈앞이 캄캄해졌다. 아무것도 보이지 않았다.

"아니다. 정옥이는 아니다. 정옥은 우리 가족을 살렸다."

아버지는 떨리는 손으로 저어댔다.

"공산주의 열성분자가 우리 가족을 살렸다고요? 나는 지금 숨어있는 빨치산 그놈들을 토벌하려고 화학산으로 가는 중입니다. 빈재를 넘어가기 전에 틈을 내어 집에 들였어요. 정옥이 그 빨갱이 놈을 잡으면 반드시 복수할 겁니다. 이념이 다르다고 하여 원수가 되어버렸어. 전쟁 중이라고는 하지만… 둘도 없이 지낸 친구의 집에 불을 질러! 뒤듬바리 같은 몰상식한 짐승만도 못한 놈!"

무진은 독기를 품어내며 화풀이를 했다.

"그것이 아니다. 참으로 좋은 친구다. 혹시 정옥을 붙잡거든 꼭 살려주어라. 절대로 죽이면 안 된다."

아버지는 애걸하였다.

"가족은 모두 살아있지요?"

무진은 아버지의 말을 들은 체도 하지 않았다. 귀 닫고 흘려 보냈다.

"나주 읍내 네 외갓집에 살고 있다. 내가 먼저 와서 정리하고 있는 중이다. 움막이라도 지으면 데려와야지"

"내가 바빠서 가봐야 되겠습니다. 토벌작전 중이니까…"

무진은 어깨에 멘 총을 추스르며 돌아섰다.

"정옥이 집도 불타버렸다."

"정옥의 부모님과 가족들은 어떻게 되었습니까?"

"다행이 피난 가서…"

"천벌을 받았겠지요?"

무진은 감정이 복받쳐 눈물을 흘렸다.

"너야 말로 무식한 뒤듬바리 같은 짓거리 하지 마라. 혹시 정옥를 만나게 되거나 붙잡게 되거든 꼭 살려주어야 된다. 이념은 별 것 아니다. 생각차이야. 모두가 다 잘살아 보자고 하는 짓거리 겠지. 한반도가 두 동강으로 나누어지게 된 것이 원수지!"

아버지는 군인인 아들을 따라가며 애원했다.

"어릴 적부터 함께 자란 어깨동무의 집에 불을 지른 나쁜 자식을 살려주라고요?"

"꼭 그래야 된다. 다시 말하지만 사람 죽이는 짓거리를 삼가해라. 알아들었지? 너는 사람 아니냐?"

아버지는 아들을 따라가며 회초리로 종아리를 치듯이 꾸짖었다. 군인이기에 전쟁 중이라 같은 인간인 적을 죽여야 하기 때문이었다.

7

태양은 해넘이를 찾아 기어들어갔다. 종일 불어대던 차가운 된바람은 더욱 거칠어졌다. 해가 떨어지니 삭풍은 면도날로 변했다. 살갗을 도려내듯이 후벼 팠다. 세찬 바람 속에 탐스러운 눈송이도 흩날렸다. 땅거미가 드리워지자마자 세상은 시커먼 어둠이 장막처럼 덮어버렸다.

'어두워졌으니, 오늘 밤에는… 추이에 떨며 굶어 배고파서 죽으나 도망가다 붙잡혀 죽으나…'

정옥은 진지에 매복하고 있었다. 온몸이 바들바들 떨렸다. 턱이 방아를 찌어댔다. 다리가 풍 걸린 사람처럼 흔들렸다. 모질게 불어대는 면도날 같은 칼바람이 살을 도려내고 있었다.

'오늘도 두 사람이 굶어 죽었지. 이래 죽으나 저래 죽으나 죽기는 매한가지야.'

정옥은 입술을 깨물었다. 언제부터인지 모르지만 이곳에서 탈출해야 한다는 결심을 수없이 하였다. 실행에 옮기지 못하고 머뭇거리며 곱씹고만 있었다. 자신이 살아온 지난날의 행적을 되돌아보며 음미했다. 함께 잘살아 보자는 것이지 전쟁하여 사람을 죽이자는 것은 아니었다. 가장 중요한 것은 자신이 살아남아야 되었다. 송장이 혁명을 할 수는 없었다.

'지금이야. 이 순간을 놓치면…'

정옥은 진지 속에서 함께 근무하던 동지가 잠드는 것을 보았다. 어쩌면 죽었는지도 몰랐다.

'무기야 잘 있어라.'

정옥은 어깨에 메고 있던 총을 벗어 놓았다. 몸이 가벼웠다. 훨훨 날아갈 것만 같았다. 진지에서 탈출했다. 남아 있는 마지막의 힘을 다했다.

'죽기 아니면 살기다.'

정옥은 비탈에서 미끄러졌다. 눈 위를 나뒹굴었다.

'내가 왜 동족 간의 전쟁에서 죽어야 돼? 애국, 충성, 혁명, 통일 때문에?'

정옥은 댓바람에 된비알에서 내려갔다.

'죽어서 안 되는데… 잘 살자고 했던 혁명이지 않아!'

정옥은 어지러운 정신을 가다듬었다. 바로 앞에는 또 다른 죽음이 다가와 기다리고 있었다. 두렵고 무서웠다. 눈앞이 캄캄해졌다. 아무것도 보이지 않았다.

'무엇을 위한 전쟁인가?'

정옥은 미친 사람처럼 중얼거려댔다. 자신에게 묻고 또 물었다. 대답은 할 수 없었다. 다시 물어보았다. 아무런 생각이 떠오르지 않았다.

"아야, 날 살려!"

정옥은 계곡의 가파른 절벽에서 미끄러지며 굴렀다. 골짜기에 떨어졌다. 벌떡 일어났다. 아래쪽으로 걸어갔다. 눈이 캄캄하여 보이지 않았다. 더듬거렸다. 정신없이 뛰었다. 살걸음으로 날아갔다. 나뭇가지에 할퀴었다. 가시에 찔렸다. 아프지 않았다. 어느새 산자락에 다다라 있었다.

"누구냐? 암호?"

어둠 저편에서 누군가가 소리쳤다.

"…"

정옥은 비석처럼 서버렸다. 입술이 굳어 열리지 않았다. 무서워 떨고 있었다. 온몸에서는 진땀이 주르르 흘러내렸다.

"올빼미?"

시커먼 어둠 뚫고 실탄처럼 날아온 한 마디였다.

'이제 죽었구나.'

정옥은 송장처럼 눈을 감았다.

"화학산에서 도망쳐나온 빨갱이입니다."

정옥은 데설궂게 말했다. 대범 자약한 행동이 어디서 나왔는지 몰랐다. 제정신으로 한 말은 아니었다. 죽여 달라고 외치는 소리였다.

"빨갱이라고?"

"자수하겠으니 알아서 하시오."

정옥은 삶을 포기했다.

"무기를 버리고 손들어!"

"무기는 없습니다. 손들고 항복하고 있습니다."

"그대로 가만히 서 있어."

'이렇게 죽는구나. 약관 젊은 나이에…'

정옥은 눈을 감았다. 머릿속에는 죽음의 두려움으로 가득했다.

누군가 다가왔다. 양쪽에서 팔을 끼어 잡았다. 저승사자에게 끌려가듯 따라갔다. 걸음을 걷는 건지, 질질 끌려가는 건지 알 수 없었다.

8

"중대장님 도망친 빨갱이를 잡아 왔습니다."

보초병은 정옥을 끌고 천막 안으로 들어갔다. 중대장에게 보고했다.

"자수한 거야 잡아 온 거야?"

무진은 정옥을 한눈에 알아보았다.
"탈출했다면서 자수했습니다."
"자수, 자수 좋아하네. 우리 중대를 탐지하려고 내려 온 첩자야. 선발대인지 모르니 나가서 철저하게 근무해!"
무진은 정옥을 노려보며 지시했다.
"이 자식은 당장 내가 처단한다."
무진은 정옥을 노려보며 총을 쏘아 대듯 악을 썼다. 불탄 집이 눈앞에서 아른거렸다. 울화가 치밀었다. 정옥을 붙잡으며 죽이지 말라는 아버지의 말씀이 귓속에 남아 후벼 팠다.
'중대장은 한무진이 분명한데…'
정옥은 아는 체 할까 하다 눈감아버렸다. 친구에게 목숨을 구걸하는 것 같이 싫었다. 죽여 달라는 듯이 고개 숙였다.
"저 빨갱이 놈은 첩자가 분명하다. 당장 총살형이다. 내가 저쪽 계곡의 도린곁으로 데려가 죽일 것이다."
무진은 정옥의 팔을 낚아채었다. 끌고 밖으로 나갔다. 계곡으로 데려갔다.
"정정옥, 빨리 도망가라. 붙잡히지 말고. 붙잡히면 죽는다!"
무진은 팔을 놓고 떠밀었다.
"한무진, 왜 나를 살려주는 거냐? 전쟁은 적이라는 핑계로 사람을 죽이는 것인데?"
정옥은 도망가지 못하고 비석처럼 서 있었다.

"나도 몰라. 우리는 어깨동무하며 무람없이 지냈지 않아!"
"따당, 땅, 땅, 따다당…"
무진은 총격전을 벌이듯이 하늘을 향해 사격했다. 총성은 이 계곡 저 골짜기에서 메아리쳤다. 맥놀이처럼 울림이 되어 멀리멀리 퍼져나갔다.

9

밤은 시나브로 깊어갔다. 두 사람은 잠잘 생각을 접었다. 밤이 이슥하여 질수록 정신은 더욱 맑아졌다. 몇 마디 오고 가니 감추어두었던 살가운 옛정이 살아났다.
"고향에 돌아와 살고 있었어?"
"군에서 퇴역하고, 갈 곳이 있어야지. 그래서 고향으로 내려왔지."
"혹시 우리 가족에 대한 소식 듣지 못했어?"
정옥은 아까부터 가족을 생각하며 늘킴으로 흐느끼고 있었다. 뒤늦게 고향에 찾아온 것도 가족의 소식을 듣고 싶어서였다. 물어보고 싶었는데 말을 꺼내지 못하고 머뭇거렸다. 친구가 먼저 말해주기를 기다리고 있었는지도 몰랐다.
"아니, 전혀. 가족과 함께 살지 않았어?"
무진은 깜짝 놀랐다. 고개를 돌려 정옥을 응시했다.

"나는 강원도 산골에서 살았지. 고향에 돌아와 가족과 함께 살고 싶었지만…"

정옥은 볼에 묻어있는 눈물을 훔쳤다.

"동네 사람들이 그러던데 자네 가족은 육이오 때에 피난을 간 뒤로 아직까지 고향에 빗감도 하지 않았다던데."

무진은 축축하게 젖어 있는 눈가의 물기를 손등으로 쓱쓱 문질러 닦았다. 자신의 아픔처럼 서글펐다. 이것이 전쟁의 비극이었다.

"그랬겠지. 가뭇없이 살아져 숨어있어야…"

정옥은 자들어지게 한숨을 쉬었다. 자신이 살아온 지난날을 다시 돌아보았다. 숨어 살면서도 항상 불안 속에 떨었다. 공포에 떠는 불행한 삶이었다.

"자네는 어떻게 살아왔어?"

무진은 친구의 삶이 항상 궁금했다. 그 수수께끼를 풀고 싶었다.

"빨갱이가 어떻게 살았느냐고? 절에서 중으로 숨어있었지. 살생을 해서는 안 된다는 부처님의 말씀이 무서워 견딜 수가 없었어. 미련 없이 바랑을 벗어 던졌지. 나를 좋아하는 전쟁고아인 어느 보살을 만나 화전민처럼…"

정옥은 서러움이 복받쳐 말의 끝을 맺지 못했다. 지금도 살아있는 자신이 무서워 몸부림치고 있었다. 이것이 끝낼 수 없는 전쟁의 피눈물이었다. 전쟁의 아픈 상처는 이승을 떠날 때에야 부려 버릴 수 있는 무거운 짐이었다.
"오직 했겠나. 말을 하지 않아도…"
무진은 함께 서러워했다.
"자네는?"
"나야 뭐. 어떻게 살긴? 군대에서 광맥을 찾고 싶었는데… 광구를 차지하는 굿덕대가 되었어야 출세했을 텐데, 아무리 발버둥을 쳐보아도… 결국 거랑꾼이 되어 버럭탕에 쌓아놓은 버럭더미 주변을 맴돌며, 감돌 하나라도 찾아보려다가 결국 빈손으로 여기까지 와서, 저승으로 갈 때만을 기다리고 있으니…"
"그래도 나처럼 매욱한 날강목 친 삶은 아니겠지?"
"아니야, 아주 강목 친 인생은 자네나 나나 별반 다르지 않을 걸."
"더불어 잘살아 보자는 혁명이라는 것도… 이제 생각하니 별 것 아니어."
"그러게 말이야. 통일? 통일 좋은 거지. 이 나라 살리는 통일! 좋고말고. 통일이 무어가 그렇게 급해서… 무슨 일이 있어도 전쟁을 해서는 안 되었는데… 애국이라는 들무새의 노릇을 하느라… 뒤듬바리가 되어 뒤넘스러운 짓거리를 했어! 삼팔선에 더 두터운 철벽만 쌓아놓지 않았는가."
무진은 힘주어 말했다. 생각할수록 억울하고 분했다.

"왜 어깨동무였던 자네와 내가 적이 되어 서로를 죽이려는 전쟁을 했을까? 생각하면 할수록 후회스럽고…"

"미국과 소련이 한반도의 땅덩이를 갈라놓았는데 우리는 꼭두각시가 되어 춤만 추어대고 있으니…"

"이념이 다르다는 이유 때문이었을까?"

"사실은 말이야. 우리는 동족으로서 띠앗머리 있게 서로 도우며 더불어 잘살아 보자는 것 때문일 텐데… 결과는…"

"땅덩이가 반으로 갈라졌으니, 어쩔 수없이 적이 되어서, 통일이라는 미명의 이유로, 몇백 만의 사상자를 낸 전쟁을 치렀지?"

"이게 무슨 꼴인가. 휴전이 된 지 육십 하고 오 년이 넘었는데 아직도 적이 되어 날마다 싸움질을 하고 있으니…"

"남부끄럽기도 하고…"

"그러게 말이야. 자네와 나처럼 어깨동무하며 임의롭고 허물없고 무람없고 너나들이하며 친하게 지내면 어디가 덧나나?"

"남과 북 모두가 대범자약하게 행동하여 곰살가운 정으로 도와주면서 함께 살아가면 안 되는 건가?"

정옥과 무진은 나란히 누워 생각나는 대로 만수받이했다.

"이제 자네를 만나 원을 풀었어. 언제 죽어도…"

"나도 마찬가지네. 자네를 보지 못했으면 눈을 감을 수 없었을 거야!"

두 사람은 바투하며 손을 잡았다. 꼭 쥐어주었다.

"소쩍 소쩌쩍 소쩍 소쩍…"

두견이는 뒷동산 도래솔에 가지에 앉아 피를 토하듯이 애절하게 울어댔다. 밤이 깊어갈수록 더욱 서럽게 흐느꼈다.

(2017년 《월간문학》 11월호)

영혼들의 결혼

1

1956년 잔풀나기 철이 되었다.

죽은 자식 콧김만도 못하던 햇볕에 살이 붙어 토실토실해졌다. 살품 속으로 기어들어 바늘처럼 찔러대던 차가움도 시나브로 가뭇없이 살아졌다. 따뜻하고 흐벅진 봄볕이 두터운 솜이불처럼 덮고 있었다. 앞산과 뒷동산에서는 두견화가 활짝 피었다. 산등성이에 불이 나서 불꽃이 번져가고 있는 것 같았다. 텃밭 울타리 사이에 있는 개나리도 노란 꽃망울을 터뜨렸다. 봄 단장을 하려고 진솔옷으로 갈아입었다.

동네 앞 보리밭에서는 종달새가 봄맞이 공연을 하는지 허공으로 치솟아 오르면서 자냥스럽게 재잘거려댔다. 뒷동산 산자락의 도래솔에서는 멧비둘기가 질세라 목청을 높이며 노래를 불러댔다. 봄을 반기며 잔치를 하고 있었다.

"삐거덕 털컹, 삐거덕 털커덩…"

마당 한쪽에 있는 디딜방아 간에서는 방아를 찧고 있었다. 혼인잔치를 하려는 떡방아였다.

2

용두양반의 집 마당의 구석진 헛간 옆에는 방아 간이 있었다. 마을의 아낙네들이 디딜방아로 떡방아를 찧는 중이었다. 혼인잔치에 사용할 백설기를 만들려고 떡가루를 빻았다.

"아주 특별한 혼사이니, 온갖 정성을 다하여… 쌀가루를 곱게 빻아서 백설기를 만들어… 전안상에 올려놓고…"

용두댁은 방아공이가 내리찍을 때마다 방아확에서 튀어나와 주변에 흩어진 쌀가루를 빗자루로 쓸어 넣었다. 그리고 벤체로 체질을 했다.

"죽은 자식들의 영혼결혼식도 초례가 틀림이 없으니?"

성골댁은 방아채의 끝부분에 있는 한쪽 디딤판을 힘껏 밟으며 울먹거렸다.

신부는 성골댁의 죽은 딸이었다.

"암은 그렇고말고."

관한댁은 볼을 타고 흘러내리는 서러움을 소매로 닦았다.

신랑은 성골댁의 죽은 아들이었다.

성골댁과 관한댁은 다붓이 바투 서서 방아채의 디딤판을 밟고 있었다.

"가슴에 묻은 소중한 내 새끼들인데…"

"살아생전에는 결혼을 못했으니…"

"죽은 혼령들이라도 한풀이는 해주어야지?"

관한댁과 성골댁은 눈물바람을 하며 만수받이했다.

"꿈에 나타나서 짝을 지어달라고 했다면서?"

용두은 듣고 있다가 끼어들었다.

"아들놈이 꿈속에서 영력하게… 결혼을 시켜 달라고 조르더라니까."

"내 꿈에서는 두 것들이 손을 잡고 다정하게…"

"살아생전에 부부가 못 된 것이 한이 되어서…?"

"원한풀이는 해주어야…"

관한댁과 성골댁은 뒤질세라 맞장구를 쳐댔다.

"어쩌면, 그리도 죽은 처녀와 총각이… 어머니들의 꿈속까지 찾아와서…"

용두댁은 튀어나온 쌀가루를 방아확 속으로 쓸어 넣으며 눈물을 닦았다.

"그래서, 어쩔 수 없이 사돈을 맺기로 했어."

성골댁은 축축하게 젖어 있는 눈가를 손바닥으로 문질렀다.

"초례가 끝나면 편안하게 극락왕생하겠지?"

"원한을 풀고 잘 가라고… 푸닥거리도 해주려고 해."
"씻김굿으로 이승의 모든 한을 깨끔하게 씻어버리고… 저승으로 가서는 잘 살라고…"
관한댁과 성골댁은 사이좋게 장단을 맞추며 추임새까지 메기었다.
"정말로 잘했어. 이웃에서 눈이 맞았다고… 동네 사람들이 욕은 했지만… 그래도… 같이 살아보겠다고 혼숫감을 구하려고 했던 것을 보면… 그냥 좋아하는 정도가 아니라… 한살이 되어…"
용두댁은 혼잣말로 엉두덜거렸다. 무슨 말을 이어가려다가 꾹 참아버렸다. 하지 않은 것이 좋을 것 같았다.
뒷동산의 산자락 양지바른 풀숲 속에서는 장끼가 퍼덕거리며 소리쳤다. 까투리를 찾는 애절한 외침 같았다.

3

생급스럽게 방앗간 안이 찬물을 뿌려놓은 듯이 싸늘해졌다. 모두가 입술을 굳게 닫았다. 할 말을 잃었다. 자식들의 영혼결혼을 생각하며 늘킴으로 서럽게 흐느끼고 있었다. 방아 간 안의 휑뎅그렁한 공간에는 방아공이가 방아확에 떨어지는 소리만 둔탁하게 흔들어댔다. 애가 타고 속이 쓰린 가슴을 쿵쿵 찍어댔다. 생각할수록 울화통이 터졌다.

성골댁과 관한댁은 머리 위의 서까래에 매어 놓은 새끼줄의 손잡이를 잡고 발로 디딤판을 밟고는 뗐었다. 심하게 다투어 토라진 사람들이 화풀이하는 것처럼 거칠게 밟아댔다.

그때였다. 방채가 갑작스럽게 비틀거렸다.

"방아채가 기울어지네."

성골댁은 디딤판을 밟으며 깜짝 놀랐다.

"용두댁 비켜요!"

관한댁은 호들갑을 떨며 소리쳤다.

"무슨 일이지?"

용두댁은 얼른 구석으로 갔다.

"방아공이가 떨어지지 않도록 단단히 밟고 있어!"

성골댁은 방아채의 끝의 디딤판을 함께 밟았다. 밟는 발을 놓지 않았다.

"큰일 날 뻔했네!"

두 사람은 허공에 떠 있는 방아공이를 바라보았다. 안도의 한숨을 쉬었다.

뒤란 대나무밭에는 메까치들이 내려와 사납게 우짖어댔다.

4

"용두양반, 용두양반!"

용두댁은 머리 위에 떠 있는 방아공이를 쳐다보며 소리쳤다.

용두양반은 헛간에서 못자리 할 때에 사용할 곰삭힌 두엄을 쇠스랑으로 뒤집으며 몽글게 손질하고 있었다. 마지막 일손을 재우치느라 듣지 못했다. 마무리하고 쟁기를 손봐야 했다.

5

용두양반은 쟁기를 꺼내어 놓았다. 부러진 쟁기 보습과 금이 가서 쪼개어진 쟁기 볏을 갈아 끼우기 위해서였다.

"농사를 지어서 쪽발이 왜놈들에게 강탈당했던 일들을 생각하면…?"

용두양반은 쟁기를 물끄러미 바라보며 가래침을 뱉었다. 원한의 울분이 울컥 치밀어 올랐다.

"가을걷이 해놓으면 소작료와 공출로 모두 빼앗겼지?"

용두양반은 일제강점기에 소작농사를 지으며 근근이 살았었다. 자닝스럽게 짓밟혔던 일들을 낱낱이 가슴속 깊은 곳에 간직해 놓았었다. 그때의 일들을 때때로 덧들어내어 잘근잘근 짓씹어 댔다.

"잊을 수도 없고. 결코 잊어서도 안 되는… 나라를 빼앗겼던 억울한 삶!"

용두양반은 복받쳐 오르는 분노를 주체하지 못했다.

"농사일을 할 때마다 일제강점기에 쪽발이 왜놈들에게 잔인하게 짓밟혔던 일들이 덧들어나서… 자드락거리며 괴롭혀대니…"
 용두양반은 쟁기를 바라보며 울먹였다.
 "가을걷이를 하여 소작료와 공출로 날강도질 당하고 나면…"
 용두양반은 소작농사를 짓던 일들을 버르집고 있었다.
 "소작농사는 배메기농사여서 뭇가름을 하여… 반타작은 지주에게 소작료로 바쳐야 하고… 나머지 반은 나락공출로 강탈해가버리니…"
 "죽기 살기로, 피땀을 흘리며, 뼈 빠지게 농사를 지어봐야, 빈손인데…"
 "홀태 밑의 찌꺼기인 돌 쌀이라도 얻어먹으려고…?"
 용두양반은 가슴이 뭉클해졌다. 눈물이 핑 돌았다.
 "그래도, 농사꾼이라고 뭇갈림인 소작농사를 놓칠 수가 없어서…"
 "가을걷이할 때에 나락 한 톨이라도 더 많이 거두어들이어 보겠고…"
 용두양반은 농사일을 할 때마다 되새김질하며 몸부림쳤다.
 "쪽발이 왜놈들에게 노예가 되어 자닝스럽게 짓밟히며 살았던 한 맺힌 삶!"
 "그 억울함을 어찌 잊으리오. 절대로 잊으면 안 되지!"
 영두양반은 두 주먹을 불끈 쥐고 입술을 깨물었다. 생각할수록 기가 막혔다.

헛간의 쥐구멍에서 쥐 한 마리가 나왔다. 기웃거리더니 돌아서서 들어가 버렸다.

6

"농사철이 가까워졌으니… 당장 못자리할 논다랑이를 갈아야 하고…"

용두양반은 고개를 갸웃거리며 쟁기를 살펴보았다. 쟁기는 농사꾼에게는 가장 소중한 농기구였다.

"사그랑주머니가 된 쟁기로는 논밭갈이를 할 수 없고…"

용두양반은 엊그제 못자리를 할 논배미에서 쟁기질을 했었다. 몇 거웃 갈았었다. 논바닥에 박혀있던 돌덩이가 쟁기보습에 걸렸다. 보습 끝이 부러졌다. 볏도 금이 가버렸다.

"지난 장에 보습과 볏을 새 것으로 구해놓았으니…".

"농사철은 되면 매나니로 농사일은 할 수 없고… 사그랑이가 된 연장은 사용할 수 있도록 손 봐두어야 하니…"

용두양반은 괜히 짜증이 났다. 땡볕 속에서 뼈 빠지게 해야 할 농사일을 생각하니 숨이 막혔다. 펄펄 끓는 삼복의 찜통더위 속에서 피땀을 흘리며 논매기를 해야 되었다.

"못자리에 사용할 밑거름은 몇 년을 곰삭힌 몽근 두엄이 적격이어서… 합수와 망옷을 섞어서 만들어 놓았던 짠 거름이라, 묵힌 퇴비를 다시 손질해 놓았으니…"

용두양반은 헛간 안의 퇴비를 바라보며 중얼거렸다. 농사일을 대충 어림잡아 보았다.

"쟁기만 고쳐놓으면…"

용두양반은 하는 것 없이 바빠졌다. 일머리가 닥치며 정신없이 이리저리 뛰어다니는 자신의 모습이 한없이 자닝스럽게 보였다.

7

"이놈의 영감탱이가. 금방 헛간에서 두엄을 손질하고 있는 것을 보았는데… 기척도 안 하네!"

용두댁은 기다리다가 댓바람에 튀어나갔다.

"가는귀먹었나? 마누라가 부르는 소리를 못 듣게?"

용두댁은 마당에 서서 남편을 노려보았다.

"언제 찾았는데…?"

용두양반은 듣지 못했다. 농사일을 생각하다 보니 들리지 않았다.

"쟁기만 바라보면 무엇해? 죽이 나오나 밥이 나오나?"

용두댁은 화풀이를 하고 있었다.

"농사를 지으려면 쟁기는 고쳐놓아야… 무언데 그래?"

용두양반은 아내의 표정을 살피며 빙긋이 웃었다.

"디딜방아가 고장 났다니까."

용두댁은 퉁명스럽게 말했다. 미안했던지 남편을 따라 미소 지었다.

"알았어."

용두양반은 실뚱머룩해졌다.

"아무리 바빠도 디딜방아부터 고쳐주어야지! 쟁기는 다음에 손봐도 내일 혼사를 치르는데… 시루떡은 만들어야 하니…"

용두댁은 거쿨지게 메지었다.

"알았어. 다친 데는 없는가?"

용두양반은 고개를 갸웃거리며 방앗간으로 들어갔다.

"다행이 별일은 없어요."

관한댁의 온몸은 진땀으로 흠뻑 젖어있었다.

마당의 빨랫줄에는 텃새 한 마리가 앉아있다가 날아갔다.

8

"볼씨가 밖으로 벌어져서 쌀개가 빠져버렸네."

용두양반은 디딜방아의 볼씨와 쌀개를 들여다보았다.

볼씨는 쌀개를 받쳐주는 양쪽의 기둥을 말했다. 쌀개는 방아채의 가운데쯤에 가로로 걸쳐놓은 막대였다. 볼씨가 쌀개를 떠받쳐주었다. 볼씨와 쌀개는 디딤방아채의 가운데쯤에서 방아채를

받쳐주었다. 쌀개가 중심이 되었다. 방아채의 끝 디딜판을 밟으며 방아채머리에 있는 공이가 위로 올라갔다. 밟은 발을 놓으면 방아공이가 방아확으로 떨어졌다. 낙차의 힘으로 방아를 찧었다.

"큰 일 날 뻔했네."

용두양반은 방아확이 있는 곳으로 갔다.

"발을 놓아 봐요."

용두양반은 방아공이를 붙잡았다. 조심스럽게 방아확 안으로 내려놓았다.

"내가 손 볼 동안 잠시 쉬고 있으시오."

용두양반은 다그쳐 마당으로 뛰어나갔다. 뒤란으로 갔다. 소나무토막 하나를 찾아 들고 나왔다. 헛간으로 갔다. 도치로 볼씨를 받쳐줄 말목을 만들고 있었다.

집 뒤란 대밭에서는 멧새들이 찾아와 조잘거려댔다.

9

용두댁, 관한댁, 성골댁은 양지바른 짚뭇가래 밑에 다붓이 바투 앉아있었다. 따뜻해진 햇볕은 영락없는 화톳불이었다.

"걱정가마리 같은 년. 그래도 내 딸이라 그런지 한 동네에서 볼썽사납게… 총각하고 눈이 맞아 정이 드니… 못 말리겠더라고…"

성골댁은 딸자식을 두남두어 변명했다. 동네 사람들이 모이면 수군거리며 욕설을 퍼부어댔었기 때문이었다.

"나무라지 마. 자식 이길 부모 없거든. 무슨 큰 죄를 지었다고…?"

용두댁은 위로했다.

"동네 사람들의 욕가마리가 되었어도, 처녀이고 총각인데…?"

관한댁은 아들의 어미로서 조금은 걱실거리게 대거리하고 있었다.

"어차피, 저승으로 가버렸으니… 이승에서 못다 한 사랑이니… 천당에서나 함께 행복하게 잘 살라고 빌어주면 돼!"

용두댁은 서러움이 복받쳐 울먹거렸다.

"세상에 이런 일도 있던가?"

"이팔의 꽃다운 나이에…"

"참으로 기구한 운명…"

세 아낙네는 고개를 숙였다. 하염없이 흘러내리는 눈물을 훔치고 있었다.

담 너머 감나무 가지에서는 멧비둘기 두 마리가 팔짝팔짝 뛰며 이리저리 옮겨 다니고 있었다. 한 마리가 날아갔다. 다른 멧비둘기도 바늘에 실 가듯이 따라갔다.

10

아낙네들은 흐느끼느라 입술을 굳게 다물고 있었다. 슬픔의

늪 속에 빠져 허우적거렸다.

"자식이 죽으면 가슴에 묻는다고 하더니…?"

관한댁은 데퉁스럽게 뱉어댔다. 침묵하고 있노라니 울화통이 터질 것만 같았다.

"이것도 팔자라는 건가?"

성골댁은 한숨을 자들어지게 쉬어댔다.

"정순이와 석진이가 순사들에게 붙잡혀가던 그날의 일은… 내가 이 두 눈으로 똑똑히 지켜보아서… 잘 알고 있어."

용두댁은 그때 일을 버르집었다.

"해방이 되기 바로 직전이니…?"

성골댁은 억울하고 안타까워 입이 떨어지지 않았다.

"숨을 거둔 것은 그해 가을이고…"

관한댁은 기가 막혀 말을 못했다.

"잡혀간 날은 팔월 열이틀 장날이고… 그 다음 날 동네 앞 신작로에서…!"

용두댁은 그때를 잊을 수가 없었다.

"그 두 연놈들이 용두댁하고 함께 장보려고 장에 갔다면서?"

성골댁은 흐르는 눈물을 소매로 닦았다.

"그랬었지. 함께 장보러 갔었어. 처녀와 총각이 순사들에게 묶여서 끌려가는 것도, 내가 뒤에 따라가면서… 하나도 놓치지 않고 지켜보았으니까."

용두댁은 그때 일을 하나도 빠뜨리지 않고 낱낱이 가슴속 깊은 곳에 갈무리해 놓았다.

"남몰래 한살이 되었나? 부부처럼 다정하게… 다붓이 바투 하여 손을 잡고…"

용두댁은 이야기를 끄집어내려고 뜸을 들이고 있었다.

마실 나온 솜덩이 같은 흰 구름이 햇빛을 가렸다.

11

1945년 8월 12일이었다.

오늘은 장흥 읍내에 장이 서는 장날이었다.

용두양반은 새벽에 일어났다. 달걀을 열 개씩 짚으로 쌌다. 계란꾸러미 몇 개를 새끼 매끼로 묶어 한 동 지었다. 툇마루 구석에 놓아두었다. 아내가 장보려 갈 준비해 놓았다. 그리고 부리나케 빈재의 천둥지기로 갔다. 논물을 보기 위해서였다.

며칠 사이 가뭄이 들었다.

용두양반은 어제 턱골양반과 함께 두레질을 했었다. 밤이 이슥할 때까지 언덕 아래의 물웅덩이에서 물을 퍼 올렸다. 논바닥이 하얗게 말라 거북등처럼 벌어진 하늘바라기의 논배미에 물을 가득 채워놓았다. 논물이 벌물로 새어나가서는 안 되었다. 논둑에 우리 구멍이 생겼으면 찾아서 단단히 막아 놓아야 되었다. 가물

때의 눈물은 농사꾼의 핏방울이었다.

                            12

 용두댁은 툇마루에 놓여있는 계란꾸러미의 뭉치를 머리에 이었다. 서둘러 집을 나섰다. 해가 산릉선 위로 솟아오르는 것을 바라보며 신작로로 들어섰다. 달음박질을 하기 시작했다. 장을 보고 와서 밀려있는 집안일을 해야 되었다.
 용두댁은 부산들 가운데에 있는 솔밭거리 옆을 지나고 있었다. 뒤를 돌아보았다.
 "우리 마을 처녀총각이 함께 장에 가네. 초례도 치르지 않았으면서… 무어가 그리도 좋아서… 원앙새처럼 꼭 붙어 다니니, 꼴불견이네. 남들이 욕하는 줄도 모르고…?"
 용두댁은 뒤에 따라오는 남녀가 누구라는 걸 단번에 알아보았다. 한동네에 살기 때문이었다. 다정하게 지내니 은근히 배가 아팠다. 재우치던 잰걸음을 늦추었다. 지정거리며 기다리고 있었다. 처녀총각이 다가왔다.
 "남부끄럽지도 않은가? 한동네 사는 처녀총각이 꼭 붙어 다니게?"
 용두댁은 꾸지람을 하듯이 데설궂게 쏘아 붙였다.
 "욕할 테면 욕을 하라지요. 욕가마리가 되어도 좋으니까."

정 석진은 자늑자늑하게 대거리했다.

석진은 관한댁의 아들이었다.

"동네조리를 돌릴만한 잘못된 짓거리를 한 것도 아닌데…?"

한 정순은 눈을 흘기며 쏘아붙였다.

정순은 성골댁의 딸이었다.

"우리는 올가을에 초례를 치르기로 했어요."

석진은 살똥스럽게 싹둑 잘라버렸다.

"결혼까지?"

용두댁은 할 말을 잃었다. 얼굴이 화끈 달아올랐다. 괜한 말을 꺼냈다고 후회했다.

"부모님은 반대하시지만…"

"맷가마리가 되더라도 우리는 살림을 차리려고요."

"그래서, 장보러 가요."

"초례를 치르려면… 혼숫감이나 예단을 구해야 하고…"

"살림을 차리려면… 이불이라도 한 채 마련해야 하니…"

정순과 석진은 겨끔내기로 장단을 맞추었다.

"이불 베를 구하려고 장에 간다고…?"

용두댁을 기어들어가는 목소리로 엉두덜거렸다.

"겸사겸사…"

석진은 노파리가 났다.

들바람이 세차게 불어왔다. 읍내 쪽에서 불어오는 마파람이었다. 껑충 자란 벼들이 흔들거리며 몸부림을 치고 있었다.

13

용두댁은 동교다리를 건너갔다. 장터로 들어가는 입구인 칠거리에서 달걀장수와 마주쳤다. 달걀을 흥정하여 돈 샀다. 장터 안으로 들어갔다. 쇠전머리로 향했다. 그곳에 드팀전이 있었다. 처녀와 총각의 뒤를 따라갔다.

처녀와 총각이 무명베를 쌓아놓은 포목전 앞에서 서성거리고 있었다.

느닷없이 말 탄 순사 두 명이 들이닥쳤다.

한 순사가 말에서 내렸다. 댓바람에 처녀에게 다가갔다. 팔목을 낚아챘다. 끌고 가려고 잡아당겼다.

"무엇하는 짓거리요?"

석진은 살똥스럽게 덤벼들었다. 처녀의 앞을 가로막았다.

"너는 무어냐?"

순사는 구둣발로 총각의 정강이를 냅다 들이찼다. 따귀를 갈겨댔다.

"나는 올가을에 결혼할 총각이요!"

석진은 죽기 살기로 덤볐다. 정순이 끌려가면 안 되었다.

"이것 봐라. 너 잘 걸렸다. 그렇지 않아도 징용에 보낼 놈들이 모자라서…!"

다른 순사가 말에서 내렸다.

"무어? 징용에 끌고 간다고? 누구 맘대로?"

석진은 성난 황소로 변했다. 눈에 보이는 게 없었다.

"잘 놀아난다. 이 자식이 돌아버렸네?"

순사들이 쇠고랑을 꺼냈다.

"남자는 강제징용에 끌려가면 어떻게 되는지 알고 있지?"

"강제노동을 하는 노예인 노무자 되는 거지?"

"여자는 붙잡아가서 군인들의 창녀인 성노예로 만든다는 것도 몰라?"

"잘 알고 있으면서…?"

"겁도 없이 순사에게 대거리를 해?"

"잘 되었네."

"처녀와 총각을 모두를 끌고 가면…?"

"특진하여 계급장이 올라가겠지?"

"실적 올리고 승진하고 일석이조?"

순사들은 겨끔내기로 비웃고 조롱하며 즐겼다.

처녀와 총각의 손목에 수갑을 채웠다.

"나만 잡아가고 정순이는 놓아주어라!"

석진은 제정신이 아니었다. 악착같이 거쿨지게 덤벼들었다.

"누구 마음대로?"

"우리는 처녀와 총각 모두 다 필요하거든."

"처녀총각이 결혼을 한다고 하니 한살이 되게 한꺼번에 묶어 버려!"

순사들은 처녀와 총각을 한 동 지어 엮었다. 기다란 밧줄을 소의 고삐처럼 매었다.

순사들은 말에 올라탔다. 고삐를 잡고 끌었다.

처녀와 총각이 오랏줄로 묶인 채 질질 끌려갔다.

쇠전에서는 새끼와 헤어지는 암소의 울음소리가 서럽게 들려왔다.

14

"세상 사람들 다 들어보소. 강제징용으로 끌고 가서 노예로 만든다네."

정석진은 끌려가며 발악을 해댔다.

"처녀인 나를… 잡아가서… 전쟁하는 군인들의 창녀로 만든다네."

한 정순은 악이 받쳤다.

"영웅이시고, 위대하시며… 깨우쳐서 훌륭하신… 쪽발이 왜놈의 천황폐하각하님이 하시는 자비로운 짓거리가 바로 이런 것이라네."

"약자를 도와준다며 베푸시는 선행이…"
"강제징용과 성노예로 만드는 것이냐?"
"악마가 미쳐서 발광하며 날뛰는 사람 죽이는 전쟁!"
정순과 석진은 맞장구를 치며 함성을 질러댔다.
"절로 터진 주둥아리를 두었다가 어디다 쓰겠냐?"
"목이 찢어져라 악을 써봐라!"
두 순사는 겨끔내기로 조롱하며 추임새를 메기었다.

15

장꾼들이 지나쳐가다가 순사에게 잡혀가는 처녀총각을 지켜보고 있었다.
"못된 짓거리들만 골라가면서 가지가지 하고 자빠졌네!"
"궤사를 부리며 날강도 짓거리를 하는 쪽발이 왜놈들!"
장꾼들은 여기저기 모여서 숙덕거렸다. 순사에게 끌려가는 석진과 정순을 바라보며 울분을 터뜨렸다. 서럽게 흐느끼며 통탄했다.
"세상에 이런 일도 있네?"
"백주대낮에 이것이 무슨 난리여?"
용두댁은 넋을 잃었다. 기가 막혀 말이 나오지 않았다. 칠거리의 가운데에 서 있었다. 경찰서 끌려가고 있는 남녀의 뒷모습을 물끄러미 바라보았다. 눈에서는 눈물이 샘물처럼 솟났다. 볼을 타고 하염없이 흘러내렸다.

백로 한 마리가 탐진강 물 위를 날아가며 울고 있었다.

16

정순과 석진이 순사들에게 끌려간 다음날이었다.

1945년 8월 13일이었다.

용두양반은 보끼미들의 장독배미에서 김매기를 하고 있었다. 남모르게 비밀리 하는 품앗이였다. 농부들끼리만 통하는 두레농사나 진배없었다. 서로 돕는 두렛일은 철저하게 금지시키지만 아랑곳하지 않았다. 아무리 감시가 심해도 농사꾼들은 힘을 합하여 농사일을 하였다.

이번 김매기는 배동바지하기 직전의 마지막 논매기였다. 나락이 배동하면 지심잡기를 할 수 없었다. 그래서 서둘렀다. 이것으로 호미씻이를 할 요량이었다.

용두댁은 아침나절의 곁두리를 바구니에 담아 머리에 이었다.

"새참 때가 지났네."

용두댁은 해를 쳐다보았다.

"농사일은 밥심으로 하는데. 모두가 아침은 건너뛰었을 것이고. 며칠씩 곡기도 못 한 사람도 있을 텐데…"

용두댁은 소작료와 공출로 먹을 것을 빼앗겨버려 굶고 사는 사람이 많다는 사실을 잘 알고 있었다. 먹지 못해 죽는 사람이 부지기수였다.

"요즈음은 날이면 날마다… 보릿고개의 고빗사위이라…"

용두댁은 정신없이 서둘러댔다.

"어서 가서!"

용두댁은 다그치며 집을 나섰다. 댓바람에 고샅을 나왔다. 살 걸음으로 주막거리를 지나쳤다. 단걸음에 신작로를 건넜다. 넓은 논틀길을 따라 걸었다. 발이 도랑으로 헛디뎌졌다. 미끄러져 넘어질 뻔했다. 절뚝거리며 장독배미이로 다가갔다. 넓은 논둑에는 바지게와 우장이 보였다. 옆에 곁두리가 든 바구니를 내려놓았다. 우장을 폈다.

"새참 때가 지났어요!"

용두댁이 바구니의 뚜껑을 열며 소리쳤다. 푸성귀 겉절이와 꽁보리밥이 든 그릇을 우장 위에 놓았다. 막걸리 주전자도 꺼내었다.

17

용두댁은 잠시 허리를 폈다. 숨을 고르며 먼산바라기를 하였다.

"무슨 차야?"

용두댁은 신작로를 바라보았다. 차가 모습을 드러냈다. 반산의 고갯마루를 넘어왔다. 어쩌다가 운이 좋으며 볼 수 있는 달리는 기계였다. 소나 말이 끄는 달구지가 아니었다. 흙먼지를 흩뿌리며 빠르게 다가왔다. 빈재를 넘어가려는 모양이었다.

차의 짐칸에는 남자와 여자가 섞여서 짐짝처럼 가득 실려 있었다.

차는 마을로 들어가는 동구 밖에 다다랐다.

차 위에서 남자와 여자가 뛰어내렸다. 생급스럽게 벌어지는 사건이었다.

"차 위에서 사람이…?"

용두댁은 헛것을 본 것 같았다. 겁에 질렸다. 눈을 찔끔 감았다 떴다.

"차 위에서 사람들이 뛰어내렸지?"

"남자와 여자 같은데?"

"우리 동네 처녀총각이 틀림없어?"

"어제 장에서 순사에게 붙잡혀 갔다는 석진과 정순?"

논매기를 하다가 논둑으로 나온 농사꾼들이 말뚝처럼 서 있었다. 신작로를 물끄러미 바라보며 한 마디씩 뱉어댔다.

18

짐차는 주막거리에서 멈추었다.

운전석 옆에서 칼을 찬 순사가 내렸다. 차에서 떨어진 사람들을 살펴보았다. 짐차로 돌아갔다. 차는 출발했다. 빈재를 향해 가버렸다.

신작로에 나뒹군 사람들은 움직이지 않았다.

"사람이 차에 떨어져 죽은 것 같은데?"

"우리가 가보세!"

용두양반은 발등걸이하여 냅다 뛰었다. 두 사람도 뒤를 따라갔다.

"나도 가봐야지! 올가을에 초례를 치른다고 했는데?"

용두댁은 회두리에서 따라가며 달음박질하였다. 차오르는 숨을 몰아쉬었다.

양지편마을 안에서도 몇 사람이 달려 나오고 있었다.

주막거리 도랑가 대밭에서는 참새 떼가 모여앉아 자냥스럽게 재잘거리고 있었다.

19

차에서 뛰어 내린 사람은 순사들에게 끌려간 석진과 정순이었다.

그들은 한 길에 깔아놓은 돌자길에 부딪쳐서 머리를 많이 다쳤다. 정신 줄을 놓았다. 식물인간이 되었다.

이틀 후에 일본은 망했다. 1945년 8월 15일에 해방이 된 것이다.

그해 가을 석진과 정순은 한날한시에 숨을 거두었다.

20

"디딜방아 손 봐났어. 어서 떡쌀을 찍어야지."

용두양반은 방앗간에서 나오며 말했다.

용두댁은 발등걸이하여 벌떡 일어났다. 방앗간으로 향하며 눈물을 닦았다.

"왜-액 왜-액…"

성골댁 집에서는 돼지 맥 따는 소리가 요란스러웠다.

"돼지까지 잡는구나. 잔칫상에 삶은 돼지고기가 오르면 훈감한 상차림이지? 막걸리가 있으면 풍성하고?"

용두양반은 쟁기의 보습과 볏을 가지고 나왔다. 쟁기 앞에 놓으며 군침을 삼켰다.

21

 성골댁 마당에는 차일이 쳐졌다. 초례를 치르기 위해서 전안청이 마련되어있었다.

 초례상 위의 양쪽에는 기러기가 마주보고 있었다. 솔, 대, 쌀, 팥, 대추, 사과, 인절미, 백설기 등을 차려놓았다. 수탉과 암탉도 보였다. 병풍이 절벽처럼 가리고 있었다.

 숙설간은 마당의 한갓진 곳에 마련되었다. 과방을 책임 짓는 숙설차지는 손님상을 차리느라 정신이 없었다. 하찮은 음식 하나라도 동네 사람들에게 골고루 나누어 먹이려고 정성을 다했다. 휴전이 된 지 얼마 되지 않았기 때문에 마을 사람들의 거의 전부가 굶듯이 어렵게 살아가고 있었다. 부침개 부스러기라도 훌륭한 먹을거리였다.

 차일 밑에는 동네 사람들이 잔칫상을 앞에 놓고 에둘러 앉아 있었다. 구수하고 맛깔스럽고 감칠맛 나고 훈감한 음식을 맛있게 먹었다. 참으로 오랜만에 마주하는 진수성찬이었다. 막걸리 잔이 숨 가쁘게 돌아다녔다. 어느새 취기가 온몸을 축축하게 적시었다. 술기는 입술까지 번졌다. 험한 말투로 가슴에 맺힌 한풀이를 하고 있었다.

22

 처음에는 신랑신부의 억울한 죽음에 대한 이야기가 잔칫상의 안줏감으로 올라왔다. 그리고 일제강점기에 잔인하게 짓밟히며 살아왔던 원한을 덧들어냈다. 가슴 속 깊은 곳에 차곡차곡 쌓아 갈무리해 놓았던 분노와 울분을 끄집어내었다. 잘근잘근 곱씹으며 되새김질을 하였다. 서럽게 흐느꼈다. 잔칫날인지 초상집인지 알 수 없었다.

 "오늘은 신랑신부의 결혼을 축하해주려고 동네 사람들이 모두 모였는데…?"

 "죽은 처녀와 총각의 혼령들이 초례를 치르는 날이 분명한데…?"

 "즐거워해야 할 잔칫날인데 자꾸만 눈물이 나오려고 해서…?"

 "두 사람의 죽게 된 사연이 생각하면…? 얼마나 억울해?"

 "그것도 해방을 이틀 앞두고…?"

 "마을 앞 동구 밖의 신작로에서…?"

 "동네 앞을 지나가니 집으로 가려고…"

 "어느 누가 끌려가서 노예가 되고 싶겠어?"

 "이래 죽으나 저래 죽으나 죽기는 마찬가지 아니겠어?"

 "그래서 동네 앞에서 함께 죽자고…? 한 몸처럼 꼭 껴안고…"

 "생각만 해도 끔찍하네!"

 "탈출은 정당한 저항이지?"

이쪽 상에 둘러앉은 사람들은 처연하게 흐느꼈다.
메까치들이 집 뒤 대밭에서 사납게 우짖어대고 있었다.

23

"쪽발이 왜놈들에게 빼앗긴 강제공출을 생각해봐?"
"나락공출, 남자공출, 처녀공출…"
"창씨개명의 이름공출!"
"밥그릇을 빼앗아다가 사람 죽이는 무기를 만드는 유기그릇공출은 어쩌고?"
"우리말을 사용하지 못하게 빼앗으려고 했던 언어공출!"
"일본말만 쓰라고 을러댔었지? 공갈협박하며…"
"아주까리기름, 동백기름, 송진의 공출은 어떻고?"
"명절이나 제사도 공출처럼 빼앗아버리겠다고 안달했었고?"
"그러면서 신사참배를 하지 않는다고 얼마나 괴롭혀댔는가?"
"그래서 신사에 불을 질러버렸고!"
"품앗이, 두레농사, 두레 길쌈도 하지 못하도록… 공출처럼 빼앗아…?"
"동계나, 계모임 같은 침목 모임도 하지 못하도록 철저하게 금지시키지 않던가?"
"오만가지 다했었어."

"제 정신으로는 그런 짓거리 못하지. 미쳐서 발광을 했으니까."
 저 쪽 상에서는 모주가 되어 술주정을 하듯이 소리치며 한풀이를 해댔다.

24

"뭇갈림농사인 소작농사는 어떠했는가?"
"배메기인 지긋지긋한 소작농사?"
"뭇가름하여 반타작은 지주에게 바치고…"
"나머지 반타작은 공출로 빼앗기고…"
"고자품인지, 자리품인지, 고지자리품인지 하는 것이라도 얻어먹겠다고…?"
"그랬지. 고지자리농사라도 지어서 품삯으로 보리 몇 대박 구하려고…"
"끼니를 건너 뛰어, 허기가 진 배를 달래려고 발버둥 하다가…"
"풋머리 때가 되면 보릿고개의 고빗사위여서 여기저기서 굶어 죽었으니…?"
"눈에는 먹을거리밖에…"
"이 설음 저 설음 모두 합쳐도 배고픈 설음만은 못하다더라고…"
 여기저기서 땅을 치며 통곡했다. 가슴속에 갈무리해 놓았던 원한을 덧들어내며 서럽게 흐느꼈다.

25

"지긋지긋한 일제강점기, 생각만 해도 소름이 돋네!"
"무슨 일이 있어도 앙갚음으로 대갚음하여 원한의 한풀이를 해야 하는데…?"
"도대체 무엇을 위한 전쟁이었어?"
"누가 알면 한번 말해 봐?"
"누구를 위해서 잔인하게 살해하는 침략전쟁을 해야 했던가?"
"악마의 탈을 쓴 쪽발이 왜놈들이 미쳐서 날뛰며 발광하는 전쟁이 아니었던가?"
"꼭두각시들은 덩달아 춤추며 날뛰어 댔으니…?"
"기가 차네. 기가 막혀. 분통이 터지고!"

동네 사람들은 분통을 터뜨렸다. 취중에 진담을 한다고 고래고래 함성을 질러댔다.

26

그때였다.
"세상 사람들이 다 들어보소!"

"서양의 기계문명을 먼저 받아들여 잘살게 되니… 그 힘으로…"

"무식한 미개인들을 도와준다는 평계로 소사스럽게… 궤사를 부리며 남을 꾀어서 침략전쟁을 하여… 무고한 사람들을 마구잡이로 죽이고… 착취, 갈취, 강탈을 거리낌 없이 해대며, 무자비하고 잔인하게 짓밟으면서… 약자를 괴롭히는 짓거리가 남을 도와주는 착한 선행이라고 떠들어댔다네!"

청년은 술주정하듯이 악을 써댔다.

"깨우쳤다는 쪽발이 왜놈들이 했던 못된 짓거리를 보면?"

다른 청년이 만수받이하며 외쳤다.

"유식해지면 남을 무시하고 없이 여기는 건가? 알면 무엇을 얼마나 안다고?"

청년들이 들고 일어났다.

"힘이 있다고 침략하여 약소국을 괴롭히는 짓거리가 도와주는 자비라고?"

"되지 못한 짐승만도 못한 마귀들아!"

"소가 웃는다. 그래도 잘했다고?"

"못된 악마들의 소사스러운 꾐에 다시는 빠져서는 안 되지. 안 되고말고!"

청년들은 통탄하며 피를 토해냈다.

27

"결혼식이요!"

용두양반이 차일 밑 전안상이 놓여 있는 곳으로 갔다.

전안청에서는 영혼들의 결혼식이 진행되었다.

"신랑 재배!"

"신부 사배!"

초례상을 앞에 놓고 총각인형과 처녀인형이 큰절을 해댔다.

동네 사람들은 영혼결혼식을 지켜보고 있었다. 가슴을 치며 서럽게 흐느끼었다.

성골댁과 관한댁이 병풍 뒤에서 땅을 치며 통곡했다.

28

잔칫날의 하루가 저물어 갔다. 수리봉의 산마루에 얹혀있던 해가 뉘엿뉘엿 해넘이를 찾아 기어들어갔다. 산그늘이 땅거미로 변했다. 하늘에는 별들이 총총 박혀있었다.

무당은 마당의 한쪽에서 굿거리장단에 맞추어 씻김굿인 푸닥거리를 하기 시작했다. 성골양반은 뒤란에서 장작을 가져왔다. 굿을 하고 있는 바로 옆에 화톳불을 피워놓았다.

무당은 정성을 다하여 씻김굿을 계속했다. 조왕굿을 마쳤다. 성주굿으로 넘어갔다. 삼신굿, 혼 마중, 영들이, 오귀물림, 손굿,

큰 넋, 고들이, 씻김, 길 닦음, 오방치기, 거리굿으로 이어질 것이다. 원한을 깨끗하게 씻어버리고 편안한 극락왕생하기라고 빌고 또 빌었다.

굿판은 한참 무르익어갔다.

동네 사람들은 떠나지 않았다. 두 영혼의 행복한 영생을 기원하고 있었다.

수탉들의 홰치는 소리가 혼령들의 흐느낌처럼 아스라하게 들려왔다.

(2024년 《한국소설》 5월호)

중편소설

죽음의 섬

1

군함도는 일본 나가사키에 있다. 바다에서 전쟁을 하는 전투함정만 한 아주 작은 섬이다. 일본의 전함인 도사를 닮았다고 하여 군함도라고 했다. 본래는 하시마라고 불렀다.

지진해일 같은 파도가 혀를 널름거리며 끊임없이 밀려왔다. 군함도를 완전히 뒤집어서 삼켜버리겠다는 기세였다. 거친 노도는 방파제에 부딪치며 아우성을 질러댔다. 하얀 거품이 된 물보라는 절벽 같은 높은 담을 넘어와 흩뿌려댔다.

난바다에서 불어오는 미친바람은 매몰차게 거칠었다. 태산만 한 파도를 밀고 왔다. 영락없이 성난 태풍이었다.

시커먼 구름은 바람과 함께 꼬리에 꼬리를 물고 몰려왔다. 전쟁에 패배하여 도망치고 있는 전투함처럼 빠르게 지나쳐갔다. 몽니가 났는지 뒤엉키며 군함도에 우박 같은 빗방울을 뿌려댔다.

아침부터 끄느름해진 날씨는 제정신이 아니었다. 성깔을 부리며 거칠게 화풀이를 해댔다. 떼거리로 몰려다니던 갈매기들은 어디로 갔는지 가뭇없이 살아졌다.

"오늘도 무사히!"

노신영은 음침한 탄광의 갱구를 나오면서 뒤를 돌아보았다.

"저승사자가 데려가지 않아서 운 좋은 날이네."

신정경은 앞서가는 신영을 찬찬히 뜯어보았다. 입술에는 알 수 없는 미소가 번졌다. 발가벗은 몸에 시커먼 탄가루로 덕지덕지 붙어 있었다. 바싹 마른 해골이 걸어가고 있었다. 자신의 모습을 보는 것 같았다.

"땅속에서는 몰랐는데 밖에 나오니 날씨가 미쳐있네."

정경은 굿문을 나서면서 하늘을 쳐다보았다. 그믐날의 한밤중처럼 어두웠다. 먹구름으로 덮인 하늘에서 비바람이 몰아쳤다. 바다에서 불어오는 세찬 바람은 몸뚱이를 날려 바다로 빠뜨리겠다는 듯이 자드락거리며 괴롭혔다. 몸은 지쳐 힘이 없었다. 사십 도가 넘은 후덥지근한 막장에서 비지땀을 흘리며 석탄을 캐느라 파김치가 되었다. 다리가 후들거려 넘어지려 했다.

"지옥문으로 들어갈 때에 보니 수평선의 해돋이에 아침놀이 곱게 물들더니…"

신영은 거센 바람을 피하려고 몸을 웅크리며 굿막으로 들어갔다.

비좁은 굿막 안에는 강제징용으로 끌려온 조선인 광부들이 갱구의 막장에서 나와 웅성거렸다. 맨몸에 훈도시만 차고 있었다. 살갗은 탄가루가 땀과 함께 범벅이 되어 석탄덩이로 변해버렸다. 눈만 끔벅거리고 있으니 땅속에서 금방 나온 유령들이 분명했다.

"쏴아-철썩 쏴아-철썩…"

파도는 바람과 함께 발광을 했다. 방파제를 무너뜨리려고 덤벼들었다.

"분노한 파도가 군함도를 깊은 바닷속에 밀어 넣으려나?"

정경은 혼잣말로 중얼거렸다. 성난 파도가 화풀이를 하겠다는 듯이 성질을 부리고 있었다.

"바다가 뒤집어 엎어지는 것을 보니 하느님이 진노하신 것 같기도 하고."

신영은 혀를 찼다.

"날씨가 성깔을 부리는 굿덕대의 꼬락서니네!"

정경은 광부들을 피해 굿막의 구석으로 갔다.

"바닷바람은 일본 천황 놈의 심술보 같고!"

신영은 정경의 옆으로 다가갔다. 굿막 안을 둘러보았다.

분위기가 이상했다.

징용으로 끌려온 광부들이 여기저기서 숙덕거리며 웅성거렸다. 한쪽에서는 흐느끼고 있었다. 함훤수작을 부리듯이 떠들어대는 소리가 울부짖는 함성이었다.

"오늘도 막장에서 탄을 캐다가 탄 더미에 묻혀 세 사람이 죽었어."

"어제는 다섯 사람이 죽었는데."

"열 살 먹은 어린애도 죽었다면서?"

"며칠 새 아이들이 십여 명 죽었네."

"어린 것들까지."

"허어, 이것이 무슨 짓거리여!"

"배고파 죽고, 병들어 죽고, 석탄을 캐다 죽고, 몽둥이로 맞아 죽고!"

"만만한 홍어 좆은 강제징용으로 끌려온 조선인 광부들이야!"

"탄을 캐다가 죽은 광부들의 원혼이 성난 파도가 되어 군함도로 몰려오고 있나 보지?"

"맞네. 억울하게 죽은 광부의 원혼들의 분노!"

"이것이 나라를 빼앗긴 서러움이지!"

누군가가 궐기대회를 하는 군중 앞에서 소리치듯이 외쳐댔다.

"국민은 노예가 되어 죽어가고 있으니…"

한 사람은 엉엉 울어버렸다.

"죄를 지은 죄수도 이렇게 살지는 않아."

"강제징용으로 끌려온 조선인 광부들의 버러지만도 못한 삶!"

모두가 조선에서 강제징용으로 끌려왔다. 군함도의 탄광에서 석탄을 캐는 광부가 되어 강제노동을 당하고 있었다. 학대를 받으며 죽어갔다. 마지막 발악을 하며 몸부림치고 있는지도 몰랐다.

비바람과 파도는 발광을 하듯이 거칠어졌다.

광부들은 억울한 사연을 잘근잘근 곱씹어댔다. 분노와 울분을 뱉어대며 삭이었다. 땅속에서 죽은 영혼들이 밖으로 나와 모여서 웅성거리고 있는 것이 틀림없었다.

하늘의 먹구름이 손에 잡힐 것만 같았다. 바다의 사위는 그믐날의 한밤중처럼 깜깜해졌다. 번개가 창공의 어둠을 찢어발겼다.

"콰다당 쿠르르릉릉…"

번개와 함께 뇌성이 섬을 흔들어댔다. 바다의 전투함에서 쏜 포탄이 섬의 고스락에 있는 유곽에 떨어진 것 같았다.

태평양의 난바다에서 불어오는 마파람은 여전히 미친 뒤듬바리처럼 거칠었다. 바다 밑에서 지진이 일어났는지도 몰랐다. 해일이 된 노도의 기세는 누그러지지 않았다. 혼자서 분을 이기지 못하고 화풀이를 해댔다.

"내가 오늘은 몸이 좋지 않아 게으름을 피웠지?"

신영은 막장에서 탄을 캐다가 몸이 좋지 않았었다. 어지럽고 눈앞이 캄캄해졌다. 창자가 뒤틀리며 아려왔다. 중심을 잡지 못해 샐그러져 넘어지려고 하였다. 정신을 추스르려고 잠시 웅크리고 앉아있었다. 정경은 혼자서 석탄을 캐고 탄차에 실어야 했다. 그 일이 미안하고 고마웠다.

"아니야. 그럴 때도 있는 거지. 자네도 열심히 했어."
정경은 깜짝 놀라며 고개를 저어댔다.
"오늘은 자네가 도와주어서 쉽게 할당량을 채웠는데…"
"무슨 말을 그렇게 하는가. 겨끔내기로… 자네도 열심히 했지."
"하여튼 고마워."
"사람은 그렇게 품앗이하면서…"
정경은 눈물이 나오려고 하였다.
"한 동네에서 낳고 자란 동갑내기의 허물없는 죽마고우이지만…"
신영은 미안한 감정을 지우지 못했다.
두 사람은 굿막의 구석에서 작은 목소리로 위로하며 흐느꼈다. 서로에게 힘이 되어주는 든든한 띠앗머리 있는 형제였다. 갱구의 막장에서 있었던 일을 반취하여 곱씹었다. 다른 조선인 광부들은 울분을 참지 못하고 흥분하고 있기에 내색을 못 했다. 늘 킴으로 서러움을 되새김질하며 꿀꺽 삼켰다.

2

수평선 위의 하늘에 잿빛 구름이 바라지고 있었다. 벌어진 틈새 사이로 기다란 빛줄기가 바다에 내려앉았다. 잔뜩 찌푸리고 있던 난바다의 하늘이 환한 낮을 드러냈다. 군함도에 흩뿌려대던

비바람이 조금은 잦아들었다. 보이지 않던 갈매기들이 모습을 드러냈다.

"조선인의 목욕탕으로 가서, 몸을 씻고 빨래도 하더라고."

누군가가 굿문을 나서며 투덜거리며 소리쳤다. 조선인의 목욕탕이라는 말에 힘을 주었다.

"목욕탕에 물이 있을까?"

"아마 없을 걸."

"빨래 좋아하네!"

다른 사람이 뒤를 따라가며 장단을 맞추었다.

"목욕은 고사하고 낯 씻을 물도 없을 거야."

"한 바가지의 세숫물도 주지 않으면서…"

"세숫물 같은 소리 하고 있네."

"한 모금씩 주던 마실 물도 오늘은 주지 않을 걸."

"파도가 거칠어서 물을 싣고 올 배가 끊겼으니…"

"배가 들어올 수 없어, 식수가 없다고, 언턱거리하면…"

"영락없이 핑계거리가 되네."

"오늘도 콩깻묵주먹밥을 먹을 것이고, 물을 마시기는 바다 건너 가버렸어."

"물이 없으면 인간은 어떻게 되는 거야?"

"어떻게 되긴. 죽는 거지."

"강제징용으로 끌려온 조선 사람들에게만 마실 물이 없다니까."

"일본 놈 자기들은 고량진미의 먹을거리와 사용할 물과 식수는 항상 넘쳐나지."

"어쩔 것인가. 억지로 죽을 수는 없고…"

"주면 주는 대로, 말면 마는 대로…"

광부들은 울분을 터뜨리며 한두 사람씩 굿막에서 빠져나갔다. 가슴속에 담아 두었던 원한을 토해내며 서럽게 흐느꼈다.

광부들이 나가버린 굿막은 장사꾼들이 장날 장꾼들을 모아놓고, 함훤수작을 부리며 호객행위를 하다가, 파장이 되어 떠나버린 장터처럼 조용해졌다.

3

파도는 여전히 방파제에 부딪히며 철썩거렸다. 성난 굿덕대가 석탄을 적게 캤다고 하며 조선인 광부들에게 채찍질하듯 후려쳤다.

"어지러워서…"

신영은 몸을 가누지 못하고 텁석 주저앉았다. 파도 소리에 밀려 넘어지는 것 같았다.

"또 그래?"

정경은 어떻게 해야 좋을지 몰랐다. 자신의 몸이 아려왔다. 항상 붙어 다녔기에 힘이 되었다. 잘못되면 안 되었다.

"괜찮더니… 좋아질 거야."

신영은 쪼그리고 앉아 고개를 숙였다.

"잘 추슬러봐."

정경은 다가가 신영의 등을 토닥거렸다.

"가세. 세수라도 하여야…"

신영은 일어나려고 했다. 늦게 가면 얼굴 씻을 물도 없었다.

"몸을 추스르고 나서…"

정경은 울먹였다.

"됐어. 가더라고."

신영은 다리에 힘을 주어 벌떡 일어났다.

"괜찮겠어? 나를 붙잡아!"

정경은 신영의 팔을 붙잡았다.

"목욕탕에 가봐야 몸을 씻을 물은 고사하고 세수할 물도 없을 텐데?"

신영은 일어나 중심을 잡았다. 조심스럽게 발을 떼었다. 또 어지러웠다. 허깨비가 걸어가고 있는 것 같았다.

"있어도 떨어졌다고 핑계를 대며 주지 않겠지만…"

정경은 신영의 어깨를 단단히 붙잡았다.

"자기들 쓸 물은 굳혀놓아 남아돌아…"

신영은 고개를 끄덕였다. 사실이 그랬다.

"마실 물도 주지 않을 거야. 다 떨어졌다고."
"살려면 밥은 먹어야 돼."
"콩기름을 짜내고 거름으로 사용할 콩깻묵을 가지고 만든 주먹밥을 먹어봐야…"
"살고 싶으니…"
"죽어서도 안 되지!"
"탈출하여 고향에는 가야 하니까."
"타는 목의 갈증을 해소하려면 물은 꼭 마셔야 하는데…"
 두 사람은 서로를 끼어 안고 의지하며 걸었다. 살아보겠다고 발버둥치는 자신이 불쌍하게 보였다. 숨을 쉬며 살아가는 것이 귀찮기도 하였다. 자살을 생각했던 적이 한두 번이 아니었다.

4

"조선인 광부들을 잡아먹는 '군함도'라는 이 섬이 어떻게 해서 생겨난 거야?"
 신영은 정신을 가다듬었다. 갑자기 신경질이 났다. 자신에게 화풀이를 해댔다.
"난들 알아. 코딱지만 한 섬에서 석탄이 있으니까…"
 정경은 신영의 손을 잡았다.
"석탄 때문에 광부들이 죽어가는 '죽음의 섬'으로 변해버렸고?"

"일본의 악마들이 괴롭히는 '잔인한 섬'이 되었고."

두 사람은 술에 취한 사람처럼 비틀거리며 걸었다. 기가 막혀 넋두리를 해댔다. 하소연하면서 위로받았다. 떠들면서 자신이 살아있다는 존재를 인식하고기도 했다. 바다를 향해 소리를 치고 나면 분풀이가 된 것 같았다.

거친 바람이 불어왔다.

파도는 방파제를 넘어와 흩뿌렸다.

물보라를 피하려 몸을 숙였다.

"하필이면 섬 이름이 '군함도'야?"

신영은 거칠게 불어오는 바람에 넘어지려고 하였다. 발을 멈추었다. 몸이 흔들리니 배의 가판 위에 서 있는 것 같았다.

"원래 '하시마'라고 불렀다지 않아?"

정경은 언젠가 다른 사람에게 들었던 대로 중얼거렸다. 신영이도 함께 들었기에 잘 알고 있을 것이다.

"그럼 '하시마'라고 해야지."

"바다에서 전쟁하는 '군함도'라고 하느냐는 이거지?"

"내 말이… 전쟁을 좋아하는 놈들이라…?"

"1810년에 '하시마'인 이 섬에서 우연히 석탄을 발견했다나."

"쪽발이 놈들은 눈도 밝아. 눈곱만 한 섬에서 석탄을 찾아내다니…"

"1890년 '미쓰비시' 회사에서 석탄을 캐려고 사드렸다나. 탄을 캐기 위해 1897년부터 1907년까지 다섯 번의 매립공사를 하였데. 탄광을 만들기 위해서 작업했겠지. 그래서 '하시마'가 현재와 같은 군함의 모습의 형태를 갖추었데. 일본의 전투함정인 '도사'를 닮았다나? 그래서, '군함도'라고 부르게 되었고."

정경은 자신이 알고 있는 대로 말했다.

"면적은 실제의 군함보다 작을 것 같은데…?"

"일천구백여 평 정도라니까?"

"이백 평의 논으로 치면 아홉 마지기 반 정도인데…"

"그러겠네."

정경은 고개를 끄덕였다.

"이 섬에서 캐낸 석탄의 질이 최상급이라고 한다지?"

신영은 천천히 걸었다.

"섬의 형상이 전투하는 '도사'를 닮아서 '군함도'라고?"

정경은 몇 번을 곱씹어대면서 음미했다.

"그럴듯하지 않아?"

"전쟁을 좋아하는 일본다워!"

"강제징용으로 끌려온 조선 사람들에게는 죄수처럼 강제노역을 당하는 감옥인데."

"맞아 '감옥의 섬'!"

"노예처럼 일하니 '노예의 섬'이고…"

"생지옥 같은 곳이라 '지옥 섬'이라고 불러야지."

"그래, '지옥 섬'"

"유령들이 살고 있는 곳이라 '유령의 섬'도 돼."

"그 말도 맞네. '유령 섬'."

"마지막으로…"

"또 있어?"

"강제징용으로 끌려온 조선 사람들은 죽어서야만 나갈 수 있어서 '죽음의 섬'이야."

"'죽음의 섬'? 옳은 말이야. '죽음의 섬'. 그 이름이 딱 맞네!"

"'하시마', '군함 섬', '잔인한 섬' '감옥 섬', '노예 섬', '지옥 섬', '유령 섬', '죽음의 섬'."

"'죽음의 섬', '죽음의 섬', 그래, 죽음의 섬이야. 강제징용으로 끌려온 조선 사람들이 죽어야만 나갈 수 있는 '죽음의 섬'!"

정경과 신영은 무당이 굿판을 벌려놓고 만수받이하듯이 되새기며 곱씹어댔다. 제 정신이 아니었다. 미쳐 발광하고 있었다. 온전한 정신으로는 살아갈 수가 없었다. 가슴에 묻어 두었던 울분을 토해내며 몸부림쳤다. 분노는 거친 바람에 치솟아 오르고 있는 노도였다.

5

1942년 사월의 초순이었다.

부처님이 오신 날인 초파일이 가까워지고 있었다.

바다에서 불어온 바람에는 여름을 담은 뜨거운 열기가 숨어있었다.

손바닥만 한 작은 군함도에도 많은 사람이 살고 있었다.

일본인은 주인으로 떵떵거리며 살아가는 귀족계급의 부류였다.

강제징용으로 끌려온 조선인은 탄광의 막장에서 석탄을 캐는 광부가 되었다. 종이나 노예처럼 짓밟히며 비참하게 살아가고 있었다.

부처님 오신 날을 맞이하려고 섬 여기저기에 연등을 매달았다. 높은 절벽에 굴을 뚫어놓은 토끼장 같은 가정의 집에도 등을 걸어놓았다. 복 받아 잘살아 보겠다는 간절한 마음에서였다. 인간은 시루에 물을 붓는 것 같은 욕망을 채우려고 발버둥치고 있었다. 소원성취가 무엇인지 모르지만 꼭 이루어야 되었다. 욕심대로 되지 않는다고 몸부림쳐댔다.

"부처님의 가르침은 자비인데…"

신영은 매달아 놓은 연등을 바라보며 한숨을 쉬었다.

"살생을 해서는 안 된다는 진리도 알아야 돼!"

정경은 가래침을 뱉었다. 일본 놈들의 행위가 소사스럽고 가소로웠다.

"강제로 끌려온 조선인의 광부들은 바다 밑 땅속에서 석탄을 캐다가 날마다 죽어 가는데…"

신영은 오늘도 광부의 시체를 보았다. 눈물이 나오려고 하는 걸 어렵게 참았다.

"남의 나라를 빼앗아 갈취하면서 자기들만 복 받아 누리며 살 겠다고?"

정경은 하늘을 우러러보았다.

"복 많이 받겠다."

정경은 주먹을 불끈 쥐었다. 얄팍한 술수를 부리면서 뒤넘스러운 짓거리를 하고 있었다.

"부처님이 원 없이 들어주시겠네."

신영은 어깃장을 놓았다. 얼굴을 찡그리며 바람에 흔들리는 연등을 응시했다.

"약자는 자닝스럽게 당하며, 강자는 짓밟으며 강탈하고!"

정경은 잔잔한 난바다를 바라보았다. 오늘도 수평선에서는 먹구름이 꾸역꾸역 기어 나왔다. 언제 왔는지 시커먼 잿빛 구름덩이가 도망치듯이 빠르게 지나쳐갔다. 갈매기들은 바람을 피하려고 몸을 비틀며 이리저리 날아다녔다.

6

강제징용으로 끌려온 조선인 광부들이 기거하는 숙소는 캄캄한 지하에 있었다. 석탄을 캐는 갱구의 막장과 같았다. 주검이 묻혀있는 고분이었다. 방안 구석의 천장에는 물방울이 대롱대롱 매달려있다. 불그스름한 색깔이 송장이 썩으면서 흘리고 있는 추깃물이 틀림없었다. 방안은 축축한 누기로 가득했다. 지독한 냄새는 시체가 썩으면서 흩뿌려대는 악취였다. 방바닥과 벽 여기저기에 곰팡이가 피어 덕지덕지 붙어있었다. 편안한 보금자리가 아니라 고려장 같은 무덤이 분명했다. 방바닥에는 썩어서 문드러지고 찢기어진 다담이가 너절하게 깔려있었다. 바닥의 흙 그대로였다.

"우리가 '죽음의 섬'으로 끌려온 지 얼마나 되었나?"

정경은 해골의 형상을 하고 앉아있는 신영을 물끄러미 바라보았다. 자신의 모습 그대로였다.

"군함도까지 끌려 와 석탄 캐는 노예살이를 한 지가 한해하고 반이 되어간 것 같은데…?"

신영은 해골처럼 움푹 파인 눈동자를 굴리며 지난 세월을 계산해 보았다.

"벌써 그렇게 되었나?"

"벌써가 무어야. 얼마나 당했던지 십 년도 더 된 것 같은데,"

신영의 눈가는 어느새 축축하게 젖어 있었다. 되짚어보니 눈물이 나왔다.

"그러게. 내 정신이 아니어서…"

"온전한 정신으로는 못살지."
"맞아. 총총한 정신으로는 살 수 없어."
정경은 눈물을 보이지 않으려고 고개를 숙였다.
오늘따라 두 사람은 기분이 이상했다. 방안이 너무 조용했다. 서러움이 북받쳤다.
"잔인하고 무서운 과거!"
"모질고 처절하게 당하며 자닝스럽게 살아가는 삶!"
오늘따라 지난날들이 유난히도 선명하게 떠올랐다. 궤적을 더듬으며 반취하며 곰곰이 곱씹었다. 강제징용으로 붙잡혀 와 군함도에서 광부로 살아온 노예생활을 더듬으며 돌아보았다.
군함도로 끌려 온 지 얼마 되지 않아서였다. 갱구가 무너지는 바람에 광부 여러 명이 막장에 매몰되어 죽었다. 다음 날도 그 다음날도 탄 더미에 매장되었다. 하루도 조용한 날이 없었다. 거의 매일 광부들이 죽었다.

어느 날이었다.
강제징용으로 끌려온 조선인 광부들이 대낮에 집단으로 폭동을 일으켰다. 너나없이 군함도에서 탈출을 시도했었다. 무작정 바다로 뛰어들었다. 기아와 병으로 죽거나, 갱구 안에서 생매장 당할 수 없었기 때문이었다. 그때에 바다에 빠져 죽은 사람이 태반이었다. 붙잡힌 사람들은 몽둥이로 두들겨 맞아 죽어갔다.

"어쨌든 숨을 쉬고 있으니 살아야 되는 거지?"

"당연하지. 이대로 죽어서는 안 돼!"

두 사람은 날숨과 들숨을 힘껏 쉬어보았다. 살아있음을 다시 확인했다.

"자네나, 나나, 팔자가…"

"팔자가 어때서?"

"곡성읍의 대평마을에서 한해에 같은 달에 태어났으니…"

"사주팔자가 같아서 이렇게 붙어 다닌다는 건가?"

"쌍둥이도 아닌데… 그런가 봐."

두 사람은 서로를 바라보며 빙긋이 웃어버렸다. 볼에는 눈물 방울이 얹혀있다.

그들은 전라남도 곡성읍의 대평마을에서 한해에 같은 달에 태어났다. 한 동네에서 너나들이하며 무람없이 자란 죽마고우였다. 여름이면 섬진강에 가서 물놀이를 하며 함께 놀았다. 고기잡이도 했다. 봄이면 강가의 산 기스락을 돌아다니며 진달래꽃을 따 먹었다.

"그래서 함께 묶여 강제징용으로 군함도까지 끌려왔나 보지?"

신영은 손가락으로 눈물방울을 닦았다.

1940년 섣달이 가까운 한겨울 밤이었다. 두 사람은 사랑방에서 함께 멍석을 만들려고 새끼를 꼬고 있었다. 밤이 이슥해서였다. 순사가 들이닥쳤다. 통지서를 받고도 징용에 가지 않았다고 하면서 붙잡았다. 도망친다고 하여 자신들이 꼬아놓은 새끼줄에 묶였다. 죄수가 되어 읍사무소로 끌려갔다. 다음날 새벽이었다. 이 마을 저 마을에서 붙잡혀온 사람들과 함께 곡성역으로 갔다. 기차를 탔다. 전주에 도착했다. 짐차로 부산항으로 옮겨졌다. 팔려가는 노예였다. 배에 실려 일본의 나가사키항구로 왔다. 그리고 '죽음의 섬'이라고 하는 군함도로 옮겨졌다.

7

두 사람은 할 말을 잃었다. 입을 다물고 있었다.

눈앞에는 고향인 대평마을 앞의 넓은 들판이 펼쳐졌다. 굽이쳐 흐르는 섬진강의 파란 물이 아른거렸다. 강가의 산들이 봄의 새 옷으로 갈아입고 아름다운 자태를 자랑했다. 대보름날 쥐불놀이를 하며 고샅을 누비고 다니며 놀았던 친구들의 모습이 떠올랐다. 계곡에서 멧비둘기가 애타게 짝을 찾느라 울어댔다. 종달새들은 들판 여기저기에서 우짖어댔다. 곰살가운 동네 사람들의 모습이 아지랑이처럼 아른거렸다. 보고 싶었다.

"그리운 고향!"

신영은 신음을 하듯이 말했다. 입술을 잘근잘근 깨물었다.

"아름다운 산천!"

정경의 귀에는 섬진강 강가의 산기슭에서 자냥스럽게 노래하는 꾀꼬리의 고운 목소리가 들려왔다. 밤이면 멀리 최악산에서 두견새가 지새우며 서럽게 흐느꼈다. 동악산의 계곡에서는 머슴새도 질세라 밤새워 소를 몰고 다니며 둥지를 찾아 헤매었다. 새벽이면 도림사의 범종소리도 은은하게 들려왔다. 강남으로 떠났던 제비들이 고향으로 돌아와 초가집 처마 밑에 집을 짓고 있을 것이다.

"형제봉이 서로를 마주보며 울고 있어."

신영은 형제봉의 흐느끼는 소리를 듣고 있었다. 시루봉의 높은 고스락도 묵묵히 내려다보며 서러워하고 있을 것이다.

"지금쯤 고향의 들녘에는 보리가 껑충 자라 이삭이 누렇게 익어가겠지?"

정경은 눈가에 젖어 있는 서러움을 손등으로 쓱쓱 문질렀다.

"섬진강 강가의 산비탈에는 불이 타오르는 것처럼 피어난 두견화는 이미 졌을 것이고…"

"철쭉꽃이 빨갛게 피었을 거야."

"섬진강 강가의 둔치에는 허리 굽은 할미꽃이…"

"강여울 너머 계곡에서 들려오는 꾀꼬리의 노랫소리…"

두 사람은 목이 메어 말을 잊지 못했다.

"그리운 고향으로 언제 돌아가려나?"

"우리가 군함도에서 탈출하게 되는 날."

"그때가 올까?"

"당연하지."

"탈출한 광부들이 바다에 빠져 죽거나 모두가 붙잡혔는데…"

"포기하지 않고 끊임없이 노력한다면 반드시…"

두 사람은 눈앞서 아른거리는 희망의 나라를 찾아가고 있었다. 절망에 빠져있는 자신에게 삶에 대한 용기를 북돋아 주었다. 꿈을 잃으면 좌절하게 되었다.

"이래 죽으나 저래 죽으나…"

"그래, 배고파 죽고, 병들어 죽고, 두들겨 맞아 죽고, 갱구가 무너져 생매장되고, 석탄 더미에 깔려 죽고, 탈출하려다가 바다에 빠져 죽고…"

"우리와 함께 강제징용으로 끌려왔던 조선 사람들이 일 년 새에 절반은 죽었지만 우리는 살아있으니…"

"정말 그랬네. 거의 다 죽어버렸네."

"우리는 결코 죽지 않을 거야."

"탈출해서 고향으로 가야 하는데…"

두 사람은 마음속으로 빌고 또 빌었다. 다짐하고 또 다짐하며 결심했다.

"개죽음을 당해서는 안 되지."

"강제징용으로 끌려온 조선 사람들이 무엇 때문에 죽어야 돼?"

"나라를 빼앗겨서?"

두 사람은 꼬리에 꼬리를 물고 복받쳐 오른 서러움을 주체하지 못했다.
"탈출만이 살 길인데…"
두 사람의 눈에서는 눈물이 하염없이 흘러내렸다.
그들은 날마다 갱구의 막장에서 석탄을 캐고 나오면 서로를 바라보며 서럽게 흐느끼고 있었다. 고향을 그리워하면서 위로를 받았다.
그리고 울분을 참지 못하고 침략자의 일본을 향해 욕설을 퍼부어 댔다. 폭발한 분노가 주체하기 힘들어 분풀이했다. 독기를 뱉어내면 조금은 위안이 되었다.

8

잔잔한 파도소리는 조용한 방 안으로 찾아 들어왔다. 눈물을 씻어주듯이 어루만져주고 있었다. 갈매기의 울음소리도 찾아왔다. 조선인 광부들의 슬픔을 대신하듯이 서럽게 흐느꼈다.
'바다에 빠져 죽게 될지라도 탈출은 해야 돼.'
신영은 속으로 중얼거렸다. 침묵이 계속되니 탈출에 대한 두려움이 끼어들었다. 입을 닫고 있으니 죽음에 대한 무서운 공포가 슬그머니 찾아왔다. 머릿속에 똬리를 틀고 자리 잡고 앉았다.
"어젯밤에는 우리 방에 있던 갑 조의 사람들이 모두 뗏목을 타고 탈출했다고 하던데…"

정경은 방안의 적막이 싫었다. 탈출을 생각하니 마음이 조급해졌다. 머뭇거리고 있다가는 군함도의 귀신이 되고 말 것이다.

"김정민이라는 어린애도 함께 갔다던데?"

신영은 도리깨침을 삼켰다. 당장 바다를 건너 따라가고 싶었다.

"어린애가 겁도 없어."

정경은 시샘하고 있었다. 약관의 나이에 무엇이 두려워 지정거리는지 몰랐다.

"한두 번이 아니고 세 번째라고 하던가?"
"열한 살 먹었다는 아이가 약방에 감초야."
"어려서 그런지 무서운 것이 없어."
"되는 대로, 걸터듬어, 매욱하게 덤벼."
"젖도 덜떨어진 놈이 데억지단 말이야."
"성근지고 대담해. 웅숭깊은 데가 있는 것 같기도 하고."
"언젠가 나더러 함께 도망치자고 하더라고?"
"나에게도 그러길래 조가 달라서 함께 가기 어렵겠다고 했지."
"바보 같다는 생각이 들어 부끄럽기도 해."
"용기가 없어 머뭇거리는 것은 사실이니까."
"먼저 탈출하면 나도 뒤따라가겠다고 했지."
"무어라고 하지 않던가?"
"언제까지 일본의 노예가 되어 짐승보다 못한 삶을 살려고 하느냐고… 자기는 탈출하다가 바다에 빠져 죽더라도…"
"보통내기가 아니야."
"어거하는 말을 서슴없이 하는 것을 보며. 자깝스러운 놈!"
"그 애 말을 들으면 내가 일본 놈에게 목숨을 구걸하는 것 같더라고."
"바보로 여기는 것 같아 화도 나고."
"그놈 앞에서는 코푸렁이 같아. 낯을 못 들겠어. 건방진 놈!"
"우리가 감발저뀌가 되어 애바르게 행동하는지도 모르지."
"어쨌든 정민이는 탈출하여 고향으로 갔으면 좋겠는데…"
"고향으로 갈 거야. 이젠 우리 차례가 되었어."
"뜻이 있으면 길이 있어."
"바다에 빠져 죽게 되더라도…"
"붙잡혀 몽둥이로 맞아 죽게 될지도 모르지만."
"노예로 사는 것보다는 죽는 게 옳겠지."
"탈출을 하려면 준비를 해놓아야 할 텐데…"

두 사람은 어린 정민을 생각하며 자신들을 돌아보았다. 한참 동안 떠들고 나니 부럽기도 했다. 몇 번을 곱씹어대며 음미했다. 부끄러워졌다. 탈출한 모든 조선인 광부들이 조국으로 무사히 돌아가기를 기원했다. 고향에서 가족과 함께 행복하게 살아가게 해 달라고 빌었다.

9

 두 사람은 막장으로 들어가려고 방에서 나왔다. 잠시 방파제에 기대고 서서 바다를 바라보았다. 해거름이라 그런지 갈매기들이 바쁘게 날아다니고 있었다. 마을 사람들이 들일을 마치고 집으로 돌아올 시간이었다.
 "바다에 번져가는 저녁노을이 곱구나."
 전경은 수평선 위에 얹혀있는 핏덩이의 태양을 바라보며 또 눈물지었다.
 "고향의 서산마루에서 물들고 있는 황혼은 더 아름다워."
 신영은 부모님의 모습을 떠올렸다. 식구들이 밥상머리에 둘러앉아 만난 저녁밥을 먹고 있을 것이다.
 "정민이는 고향으로 가고 있겠지?"
 정경은 탈출한 정민이가 부러웠다.
 "당연하지."
 신영은 눈물을 글썽거렸다. 탈출하지 못한 자신이 바보처럼 보였다.
 "우리도 고향으로 가게 될 거야."
 정경은 어머니가 꼭두새벽이면 정화수를 떠 놓고 가족을 위해 빌고 또 빌듯이 기도했다. 고향으로 가게 해 달라고.
 "젖도 덜떨어진 어린애가 무슨 죄가 있다고 붙잡아 군함도까지 끌고 와서…"

정경은 탄광에서 일하는 아이들을 보면 항상 애잔했다. 어른들의 잘못한 죄로 나라를 빼앗겼기 때문에 아이들까지 강제징용으로 끌려왔다. '죽음의 섬'인 군함도에서 생매장을 당하고 있었다.

"해결책은 일본을 몰아내고 나라를 되찾아야…"

신영은 가슴이 답답했다. 독립을 애타게 기다리는 조급한 마음뿐이었다.

"나라를 빼앗긴 죄가…"

정경은 서러움이 복받쳤다. 자꾸만 눈물이 흘러내렸다.

"석탄이 무엇이라고… 아이들을 막장에 처넣어 캐게 만들다니…"

"소사스럽고 잔인하고 사악한 악마들!"

"비좁은 구멍에는 어른들이 들어갈 수 없어서…"

"그래서 어린아이들까지 걸터듬어 붙잡아 왔겠지."

"귀에 피도 덜 마른 애들이 무슨 힘을 쓰겠어."

"석탄에 깔려 생매장 되는 수밖에…"

"인간의 탈을 쓰고…"

"애바르고, 단작스럽고, 간사하고, 더럽고, 모질고, 살천스럽고…!"

갱구로 들어가려고 하니 죽음이 생각났다. 석탄을 캐다가 죽은 아이들의 모습도 떠올랐다.

"어서 막장으로 들어가야지."

신영은 정경의 손을 잡고 끌어당겼다.

"오늘도 무사히!"

정경은 따라가며 뒤를 돌아보았다. 수평선의 해넘이로 기어드는 둥근 선지덩이를 응시했다. 파도는 끊임없이 밀려와 방파제에 부딪히고 있었다. 머리 위에서는 갈매기가 날아와 서럽게 울어대었다. 어쩌면 다시는 보고 들을 수 없는 마지막의 세상 풍경일지도 몰랐다.

10

"생매장 되지 않고 살아서 숙소로 돌아왔네."

정경은 숙소 앞에 서며 중얼거렸다. 오늘은 유난히도 살아있다는 사실이 실감났다.

"숨을 쉬고 있으니."

신영은 출렁거리는 바다를 바라보았다. 갱구로 들어가면서 보았던 갈매기가 바다 위에 날아다니고 있었다.

"며칠 전에 탈출했던 광부들이 나가사키에서 잡혀 왔다고 하네."

정경은 방으로 들어서자마자 퉁명스럽게 말했다. 이 말을 하지 않으면 미칠 것만 같았다. 마음속에 담고 있을 수가 없었다. 끓어오르는 분노를 삭이려면 소리라도 질러야 되었다.

"나도 빨래터에서 들었어."

신영은 붙잡혀 왔다는 소리를 듣고 자신이 당한 것처럼 괴로웠다.

"정민이는 이번에도 탈출에 실패했네."

"어린애가 얼마나 당할까?"

"상습범이 되어서…"

"도망쳤다가 붙잡히면 완전히 죽여 놓으니…"

"여러 사람이 죽었어."

"정민이는 절대로 포기하지 않을 거야."

"일본의 노예가 되는 것보다는 차라리 죽겠다고 하니."

"이래 죽으나 저래 죽으나…"

"할당량을 채우지 못했다고 시달림을 당하고…"

"먹지 못해 배고픔에 죽어가고…"

"기름을 짜버린 콩깻묵을 밥이라고 주면서, 먹고 석탄을 캐라고 하니…"

"심심하면 트집 잡아 가시채찍으로 후려치고…"

"덤비면 반항했다고 쇠꼬챙이로 찔러 죽이고…"

"쇠몽둥이로 맞아 죽은 사람은 얼마나 많은데…"

두 사람은 흥분하여 만수받이하며 서러워했다. 자신들이 당하고 있는 것 같았다.

11

정신병자처럼 넋두리하듯이 중언부언 떠들어댔다.

몸이 피곤했다.

졸음이 몰려왔다.

눈까풀이 스르르 감겼다.

"눈이 감기네."

전경은 고주박잠을 자려고 눈을 감았다. 누워있는 것도 귀찮았다. 살갗에는 석탄가루가 묻어있어 군시러웠다. 피부병이 몸 여기저기에 번져 헐어 진물이 흘렀다. 종기 같은 반점들에는 누런 고름이 고여 있었다.

"탄을 캐느라 지쳤으니 잠이나 자더라고."

신영은 파김치가 된 몸을 눕혔다. 근실거리는 머리를 손가락으로 박박 긁어댔다. 배와 등에는 부스럼이 여러 개 돋아났다. 발등에는 생채기가 생겨 곪아 터졌다.

"콜록 콜록…"

정경은 목이 칼칼하여 기침을 해댔다. 기침을 할 때마다 가래에 탄가루가 묻어나왔다. 숨쉬기가 어려웠다.

"콜록 콜록…"

신영은 시샘하듯 꼬리를 물고 받은기침을 했다. 가슴이 터질 것 같았다. 두 손으로 부여잡고 온몸을 꼬았다. 해수병에 걸린 노인처럼 금방 숨이 넘어갔다.

12

 갱구로 들어가는 굿문 옆에 있는 굿막에는 새로 온 사람들로 웅성거렸다. 강제징용으로 끌려온 조선 사람들이었다.
 "이 섬이 석탄을 캐는 군함도래."
 "모든 광부들은 막장에서 탄을 캐다가 생매장 된다고 하던데…"
 "살아남은 사람이 없어 '죽음의 섬'이라나."
 "죽어서 송장이 되어야만 나갈 수 있는 섬."
 "섬이라 도망칠 수도 없게 생겼어."
 여기저기서 두런거렸다. 무서워 잔뜩 겁에 질려있었다. 입술을 굳게 다물고 동정만 살피는 자들도 있었다. 아니 땐 굴뚝에 연기 날까? 사실이 그랬다. 강제징용으로 끌려온 조선인 광부는 죽어서도 나갈 수 없는 섬이었다. 영원히 군함도의 귀신이 되어야 했다.
 "강제징용으로 조선 사람들을 많이도 끌고 왔네?"
 정경은 굿문을 나섰다. 굿막으로 들어가려다가 깜짝 놀랐다. 뒤로 물러섰다.
 "어젯밤에 왔나 보지."
 두 사람은 굿막으로 들어가지 못하고 머뭇거렸다.
 "가서 몸이나 씻더라고."
 정경은 돌아섰다.

"얼마나 많은 조선인을 생매장시키려고."
"매월 한두 번씩 잔뜩 싣고 오지 않아."
"죽어 나간 광부들의 수를 보충하려면…"
"다다익선이겠지."
"많을수록 좋고말고!"
"목표량의 석탄을 캐내려면…"
"군함도에서 석탄을 캐고 있는 조선인들은 몇 명이나 될까?"
"칠팔백 명이라고 하던데…"
"팔백 명?"
"어쩌면 일천 명도 더 될지 모르지."
"우리가 세어보지 않았으니까."

두 사람은 걷다가 발을 멈추고 뒤를 돌아보았다. 새로 온 광부들이 굿문을 들어가고 있었다. 지옥문으로 들어가지 않으려고 뭉그적거렸다. 회두리에 서 있는 사람은 멍하니 난바다를 바라보았다. 방파제에 부딪히는 파도소리는 광부들의 한숨소리처럼 처량했다.

13

하늘은 구름 한 점 없는 쪽빛이었다. 창공의 바다가 함치르르하여 푸르고 아름다웠다. 햇빛은 바늘처럼 날카롭게 찔러대었다.

어두운 갱구에서 나오니 눈이 부셨다. 앞이 캄캄해졌다.

"굿덕대 그 자식 사람이 아니야!"

정경은 굿문을 나서며 피를 토하듯이 뱉어냈다.

"오늘도 막장까지 들어와서 생트집 잡아 채찍질하는 것 봐!"

신영은 가래침을 뱉었다.

두 사람은 막장에서 굿덕대에게 채찍으로 맞았다. 캐낸 석탄 양이 적다고 하며 채찍질을 해댔다. 겨끔내기로 얼마나 맞았는지 몰랐다. 죽여 달라고 덤비며 정신을 놓았었다. 그 일을 되새기며 음미했다. 화가 치밀었다. 바다로 뛰어들고 싶은 충동을 느꼈다.

"미친놈이여. 날마다 찾아와서 발광하고 있으니…"

정경은 멀리 보이는 수평선을 응시했다.

"앞으로 한 번만 더하면 탄 캐는 곡괭이로 찍어버릴 거야."

신영은 입술을 깨물며 두 주먹을 불끈 쥐었다.

"굿덕대 손에 조선인 광부들이 얼마나 죽었을까?"

정경은 이를 부드득 갈았다.

"앞으로 얼마나 더 죽이려고?"

신영은 당장 앙갚음을 해주고 싶었다.

"목표량, 목표량 하는데 한 해에 캐낸 석탄 양이 도대체 얼마나 되는 거야?"

"금년의 목표가 450만 톤이라고 하지 않아."

"지난해에 사백하고 십여만 톤을 채굴했다고 하더니…"

"논 열 마지기도 못 된 이 작은 섬에서 일 년에 석탄 410여만 톤을 캐내다니…"

"강제징용으로 끌려온 조선인 광부들만 죽어가는 거지."

"바다 밑에 얼마나 많은 석탄이 묻혔기에…"

"바다 밑에서 캐낸 석탄이지만 질이 매우 좋다고 하더라고."

"강제징용으로 끌려온 조선인 광부들은 버러지만도 못하니까."

"석탄 속에 생매장시켜도 괜찮고."

"날마다 모질게 맞아야 하는 채찍질!"

"정신을 놓아 쓰러지면 기다란 쇠꼬챙이로 찔러대지 않아."

"석탄보다 못한 조선인 광부들!"

"조선 사람은 노예나 짐승 취급도 안 해!"

"나라를 빼앗겼으니 당하는 거지."

"인간의 욕심은 밑 깨진 독에 물붓기인데…"

"내 조국, 내 고향이 그립다."

두 사람은 장승처럼 서 있었다. 만수받이하며 서로를 위로했다. 하늘을 쳐다보았다. 파란 하늘에 목화 같은 흰 구름이 떠가고 있었다. 마음을 구름 위에 실었다. 고향으로 가고 있었다. 두 손을 모았다. 탈출을 다짐했다. 빼앗긴 조국의 독립을 기원했다.

14

두 사람은 목욕탕으로 갔다. 세수할 물도 없었다. 몸에 붙어 있는 석탄가루를 대충 털어냈다. 조선인 광부들만 이용하는 식당으로 향했다. 광부들의 회두리에 서서 따라갔다. 콩깻묵주먹밥 한 덩이를 받았다. 식수 한 그릇을 마셨다. 갈증으로 타는 목을 축였다.

"콩깻묵주먹밥! 이것이 우리의 한 끼 식사여!"

신영은 콩깻묵주먹밥을 들고 한숨을 쉬었다. 콩깻묵주먹밥은 콩을 볶아 기름을 짜내고 남은 찌꺼기인 콩깻묵으로 만든 밥덩이였다. 콩깻묵은 개돼지도 먹이지 않았다. 논밭에 뿌리는 거름으로 사용했다.

"목구멍으로 넘어갈 것 같지 않으니 그냥 가더라고."

정경은 신영에게 눈짓을 했다. 거칠고 삽삽하여 먹기가 어려웠다.

"숙소에 가서 먹게?"

신영은 고개를 끄덕였다.

"먹어야 사니까. 먹기는 먹어야지."

두 사람은 콩깻묵주먹밥 한 덩이씩 들고 숙소로 향했다.

숙소로 들어가는 입구에 다다랐다. 멈추어 섰다. 음침한 지하방으로 들어가는 것이 싫었다. 무덤 속 같아 무서웠다. 머뭇거렸다. 높은 집의 고스락을 쳐다보았다. 아스라하게 보였다.

"아홉 층이나 되는 높은 건물은 어떻게 지었을까?"

신영은 절벽처럼 높이 솟아있는 집을 쳐다보며 고개를 갸웃거렸다.

"그러게 말이야."

정경의 입이 벌어졌다. 볼 때마다 항상 궁금했다.

"거푸집을 만들어서 콘크리트라고 하는 것을 부어 만들었다고 하던가?"

"모래와 자갈과 돌덩이를 불에 구어 가루로 만든 시멘트를 섞어서, 물을 붓고 난질난질하게 이겨서, 미리 만들어 놓은 거푸집에 채워놓으면 굳어서 바위처럼 단단하게 된다고 하더라고."

"쇳물을 거푸집에 부어 유기그릇을 만들 듯이?"

"그런 원리겠지?"

두 사람은 장승처럼 서서 한참 동안 쳐다보았다.

"어지럽네. 들어가세."

정경은 비틀거리는 몸을 간신히 가누었다. 빙글빙글 돌아가고 있는 하늘에는 흰 구름이 떠가고 있었다. 갈매기도 날아다녔다.

15

"이놈의 송장 썩은 냄새!"

정경은 숙소를 들어가며 코를 움켜주었다. 추깃물에서 뱉어내는 것 같은 악취가 콧속으로 파고들었다.
"돼지우리보다 못한 지하방이 조선인 광부들의 숙소여!"
신영은 창자가 뒤집혔다. 방에 들어올 때마다 치러야 하는 괴로움이었다.
"일본 놈들은 위층의 좋은 방에서 가족들과 함께 호의호식하면서…"
정경은 토악질이 나오려고 하는 것을 참았다.
"제 놈들은 고량진미를 먹으면서 떵떵거리고 사는데…"
신영은 구석으로 갔다. 몸을 부리듯이 앉았다.
"나라를 빼앗겼으니, 강제징용으로 짐승처럼 끌려와, 막장에서 석탄을 캐는 광부가 되어서…"
정경은 해방과 독립을 그리며 또 눈물지었다. 생각하면 생각할수록 울화가 치밀었다.
"버러지만도 못한 조선 사람들!"
신영은 등을 벽에 기대고 앉아 두 다리를 쭉 뻗었다. 양쪽 무릎이 아파 두 손으로 문질렀다.
"제 놈들의 말은 우리가 노예가 아니라고 하지 않아."
"노예가 아니라고?"
"통장을 만들어 노임을 입금시켜 놓았다고 하지 않던가?"
"낯 두꺼운 사기꾼 놈들. 말은 그럴듯해."
"간사스러운 수작을 부린 거여."

"가지고 놀면서 조롱하고 있어!"

두 사람은 또 분노가 치밀어 흥분하였다. 울분의 화풀이를 해 댔다. 석탄 속에 생매장 되지 않았다는 사실도 음미했다.

"숙식비, 방값, 모포 사용료. 목욕탕 사용료, 빨래터 사용료 등을 제하고 나면…"

"곡괭이나 다른 모든 연장의 사용료도 받지 않아."

"사그랑이를 대장간에서 벼리는 것도 노임에서 제한다고 하더라고."

"이것저것 꼬투리를 잡아 제외하고 나면 아무것도 없어."

"임금으로는 부족하다고 하면서 빚까지 덤터기로 씌우지 않아."

"완전히 얽어 놓겠다는 거지."

"무슨 연유인지 모르지만 필요한 물건이 있으면 사무실에 신고하라고 하던데?"

"자기들이 구매해 가져다 준다고?"

"말로만?"

"우리가 담배 생각이 나서 궐련을 사다 달라고 몇 번을 말했지 않아?"

"지금까지 감감무소식이야."

두 사람은 담배를 빨아 내뱉듯이 말했다.

"술 생각이 나서 정종 한 병 신청했는데…"

"가져다 준 것 봤어?"

"저번에 굿덕대에게 궐련을 주지 않느냐고 따졌더니…"

"따지니 무어라고 하던?"

"이미 주었는데 딴소리한다고, 채찍으로 되게 맞았네."

"아마 서류로는 담배나 술을 가져다주었다고 만들어 놓았을 거야."

"그런 방법으로 덤터기를 씌워?"

"강제징용으로 끌려온 조선인 광부 모두를 빚쟁이로 단단히 얽어 묶어 놓았을 걸?"

"꾀도 잘 내네. 날강도 놈들!"

"그래서 그런지 간조해 준다는 말은 들을 수가 없어."

"빚진 몸이니…"

"홀라당 벗겨 먹겠다고?"

"빚까지 잔뜩 지워 놓았으니, 완전히 빼도박도 못 하게 되었어. 죽을 때까지 노예로 부려먹겠다는 거겠지."

"소사스러운 놈들. 뻔뻔스럽기는. 생뚱맞은 짓거리를 하고 자빠졌어."

"우리가 대거리하면 생떼 쓴다고 되잡지 않아."

"날강도도 이런 짓거리는 하지 않지."

"이것이 나라를 빼앗긴 서러움!"

"나라를 빼앗기면 국민은 이렇게 되는 거야."

"빼앗긴 나라를 되찾아 독립해야 국민이 잘살 수 있게 돼!"
"노임은 주지 않아도 좋으니 내 고향으로 날 보내주었으면…"
두 사람을 서로를 바라보았다. 하소연하면 눈물지었다. 괴롭고 서럽고 억울했다. 마주 앉아 신세타령을 하고 나면 조금은 위로가 되었다. 고향을 생각하면서 서럽게 흐느끼며 메지었다.

16

갈매기는 서럽게 우짖어댔다. 두 사람은 입술을 다물고 서러움을 곱씹었다. 분노가 치밀어 올라왔다. 창자가 뒤틀리며 아렸다. 되새김할수록 억울하고 분했다. 보복으로 앙갚음을 하겠다는 독기를 가슴에 품었다.

"군함도는 조선인 광부들은 생지옥!"
"일본 놈들은 천국!."
두 사람은 입을 열자 판소리에 장단을 맞추듯이 울분을 토해댔다.
"일본 놈들은 가족과 함께 호화롭게 누리고 살고 있으니 행복하겠지."
"소학교도 있거든."
"자기 새끼들이라 귀하겠지."
"잘 가르쳐 출세시키려고 학교에 보내지 않아."

"얼마 전에 운동회를 하던데…"
"봄과 가을로 두 번이나 하지 않아."
"자식들의 재롱을 보면서…"
"자기들은 1등 국가의 국민이니까 짓밟으며 떵떵거리고…"
"강제징용으로 끌려온 광부들은 식민지의 국민이라 짓밟히는 노예가 되어서…"
"이것이 나라를 빼앗긴 서러움!"
두 사람은 입술을 놀릴 때마다 가슴속에 묻어 두었던 울분은 터뜨렸다. 꺼내놓으면 꼬리에 꼬리를 물며 기어 나왔다. 원한에 분노가 더해지면서 울분으로 변했다. 서럽게 흐느끼면서 마무리했다.

17

"영화관도 있어."
정경은 잠시 입을 닫고 있다가 불쑥 말했다. 곰곰이 따져보니 열불이 났다.
"영화관이라니?"
신영은 처음 듣는 말이라 귀가 쫑긋 섰다.
"한낮에도 캄캄하게 해놓고 활동사진 보는 장소."
"활동사진이라니?"

"사진이 살아서 움직인다고 하던데…"

"사진이 어떻게 움직여?"

"나도 몰라. 안 보아서…"

"별 것도 다 있네. 사진이 움직인다고?"

"쪽발이들은 가끔 가족과 함께 영화관에 가서 활동사진을 보며 즐긴다고 하지 않아."

"조선인 광부들은 탄광의 막장에서 석탄을 캐며 날마다 죽어가는데…"

"강제징용으로 끌려온 노예이니까…"

두 사람은 데퉁스럽게 몇 마디하고는 침묵했다. 입술을 깨물며 눈물을 흘렸다.

18

"섬의 언덕 고스락에 유곽이 있다는 것도 알고 있지?"

신영은 눈물을 닦으며 이어갔다.

"유곽은 또 무어야?"

"기생집?"

"기생집이 있다고?"

"일본의 위대하신 각하 분들께서 방문하면 군함도가 시끌벅적해지지 않아."

"이상한 깽깽이 소리가 밤이 이슥할 때까지 소란을 피우지."

정경은 고개를 끄덕이며 군침을 삼켰다.

"매일 유곽에서는 모주가 된 남녀가 밤새워 떠들어대며 즐겨."

"굿덕대가 유곽을 드나들며 기생들을 품고 살지 않아."

"강제징용으로 끌려와 노예가 된 조선인 광부들을 조롱하는 거야."

"잘 놀아나네."

잠시 숨을 돌리려고 입술을 닫았다. 곱씹어대니 깊은 맛이 났다.

19

"번화가에 가봐."

"호의호식해서 쪽발이 놈들의 얼굴에는 기름기가 자르르 흘러."

"조선인 광부들은 기아에 시달려 뼈만 앙상하게 남은 산송장인데."

"극대 극의 삶. 대조되지."

"콩깻묵주먹밥과 고기반찬에 쌀밥은 다르지."

"콩깻묵은 논밭에 뿌려 거름으로 사용하니까."

두 사람의 눈에는 눈물이 핑 돌았다. 삽삽하여 넘어가지 않은 콩깻묵주먹밥을 억지로 삼켜야 했다. 죽지 않으려면 다른 방법이 없었다.

"짐승도 안 먹는 거야."

"소도 농번기 때에는 부려먹으려고 좋은 걸로 잘 먹이는데…"

"당하고만 있으니 창자가 뒤집혀."

"강제징용으로 끌려와 노예가 되어 바다 밑 땅 속에서 석탄을 캐며 죽어가는 조선인 광부들!"

"기아와 병마로도 날마다 죽어."

"얼마나 더 희생되어야…"

두 사람은 흐느끼느라 목이 메여 말을 못했다.

20

"나도 언젠가는 막장에서 생매장될 텐데…"

신영은 죽음을 상상해보았다.

"기아와 병으로도 죽을 수 있고…"

정경은 올해 살지는 못한다는 걸 알고 있었다. 곧 죽게 될 것이다.

"먹지 못하니 병들 수밖에…"

신영은 지금까지 살아있다는 사실이 참으로 신기했다.

"살아있을 때에 '죽음의 섬'에서 탈출해야 하는데…"

정경은 마음이 급해졌다. 군함도에서 죽어서는 안 되었다.

"그래서 조선인 광부들은 너나없이 군함도에서 탈출하려고 몸부림치고 있어."

신영의 마음은 어느새 바다를 건너고 있었다.

"바다를 건너가도 일본 땅덩이기는 하지만…"

정경은 탈출해도 붙잡힌다는 사실을 알고 있었다. 그렇다고 포기할 수도 없었다. 자포자기해도 안 되었다. 자신이 죽지 않았다는 사실을 알고 싶었다. 광부들이 죽음을 두려워하지 않고 무작정 바다로 뛰어드는 이유가 바로 여기에 있었다.

"비참하게 사는 것보다는 차라리 도망치다가 죽는 편이…"

신영은 자신에게 탈출을 수없이 강요하며 다짐을 받고 있었다.

"붙잡혀 와 모진 고통을 당하고도 포기하지 않고 데억지게 탈출을 시도하는 광부들을 보면 존경스럽기도 해."

"어젯밤에도 또 네댓 명이 바다로 뛰어들었다나…"

"무작정 바다로 뛰어들었다고 하던데…"

"모두 바다귀신이 되었겠네?"

"모르겠어. 수영에 자신이 있으니까…"

"며칠 전에 어린 정민이가 붙잡혀 왔다는데 어떻게 되었을까?"

"그러게?"

"보이지 않은 걸 보니 소문일까?"

"죽었을지도 몰라."

"죽었다고?"
"아니야, 고향으로 갔을 거야."
"우리도 하루빨리 탈출해야 해서…"
"불쌍한 조선 놈들."
"일본을 몰아내지 못하면 국민은 영원히 종이나 노예가 되어서…!"
"나라를 빼앗겼으니 국민인 우리는 노예가 되어… 나라를 빼앗겨서…"

오늘도 두 사람은 마주 보고 앉아 통곡했다. 주검이 된 어린 정민의 모습이 아른거렸다. 제정신이 아니었다. 미쳐있었다. 자주 독립하여 환하게 밝아오는 희망의 조국을 그리워하며 오열했다.

21

"노신영!"

정경은 막장에서 석탄을 캐고 굿문을 나서면서 앞서가는 신영을 불렀다. 지옥문을 나오니 죽지 않았다는 사실이 새삼스럽게 느껴졌다.

"왜?"

신영은 멈추어 서며 돌아보았다.

"또 신세 졌네."

"신세를 지다니?"
"자네 아니었으면 무너지는 탄 덤이에 깔려 죽었을 텐데…"
"당연한 것을. 내가 탄 덤이에 깔렸다면 보고만 있었겠나."
"자네가 세 번이나 나를 살려내서…"
"자네도 저번에 나를 구했지 않는가."
"우리는 고향 곡성 있는 형제봉처럼 마주하면서 함께해야 할 운명인가 봐."
"같은 해 같은 달에 곡성읍 대평마을에서 태어났으니…"
"쌍둥이처럼 한동네에서 태어나고 자란 죽마고우라 붙어 다닌다는 건가?"
"농사일을 할 때에도 품앗이하며 서로 도왔고."
"언젠가는 나무하려 간다고 함께 시루봉에 올라가 놀았었지?"
"그때 빈 지게를 지고 왔던가?"
"아버지에게 혼났지?"
"쫓겨날 뻔했어."
"가을이면 도시락을 싸가지고 선비바위가 있는 동악산에까지 가서 푸나무 할 때에도 함께 했었지."
"겨울이면 섶나무를 하려 최악산에 갔었고."
"지게질이 지겨워 물거리를 소달구지로 실어 날랐지."
"가을에 나락등짐 할 때에는 앞서거니 뒤서거니 했었고."
두 사람은 만수받이하며 죽음에 대한 두려움을 날려 보냈다.

위로하고 위로받으며 불안을 떼어냈다. 지난 추억을 떠올리면 고통과 괴로움이 봄눈 녹듯이 사그라졌다.
"오늘도 무사히 살아서 나왔으니…"
두 사람은 들숨과 날숨을 힘껏 쉬며 생명을 음미했다.
"조상님이 돌봐주어서…"
신영은 손바닥으로 얼굴의 땀을 닦으며 하늘을 쳐다보았다. 바다에서 불어오는 바람이 시원했다.
"두더지처럼 땅속에 있다가 나오니 하루해가 저물었네."
두 사람은 장승처럼 서서 바다를 바라보았다. 수평선에는 선지덩이의 태양이 얹혀있었다. 쪽빛 바다에는 저녁노을이 곱게 번져가고 있었다. 해거름이 되니 허름한 고향의 초가집이 떠올랐다. 어머니가 부엌에서 밥을 짓고 있을 것이다. 굴뚝에서 연기가 모락모락 피어올랐다. 가족이 밥상머리에 둘러앉아 만난 저녁밥을 먹고 있을 시간이 되었다.

22

두 사람은 넋을 놓고 멍하니 서서 바닷물에 번져가는 저녁노을 바라보았다. 눈물을 흘리며 고향을 그리워했다. 해 질 녘이면 유난히도 서러웠다.
조선인 광부들만 사용하는 목욕탕으로 갔다. 오늘도 예전처럼 몸을 씻을 물이 없었다. 몸에 붙어 있는 탄가루를 털었다. 빨래터에서 훈도시를 빨았다. 밥을 먹으려고 식당으로 갔다. 콩깻묵으로 만든 주먹밥 한 덩이를 받아들었다. 물을 마시고 식당에서 나왔다. 철썩거리는 파도소리와 끼룩거리는 갈매기의 울음소리를 들으며 총총 걸었다.

숙소로 갔다. 방문을 열었다.

"이게 누구야?"

신영은 깜짝 놀랐다. 뒤로 물러섰다. 방구석에 어린 정민이가 누워있었다. 얼마나 두들겨 맞았는지 시체가 되어 끙끙 앓고 있었다.

"정민이 왔구나."

정경은 누워있는 민정을 물끄러미 바라보았다. 눈물을 글썽거렸다.

"또 잡혀 왔네."

신영은 눈물이 목구멍을 막았다.

"…"

정민은 송장처럼 꼼짝도 하지 않고 누워있었다.

"탈출하여 고향으로 간 줄 알았는데…"

정경은 울먹거렸다.

"고향…"

정민은 말을 못하고 서럽게 흐느꼈다.

"우리도 네 뒤를 따라가려고 계획을 세워놓았는데…"
정경은 안타까워 혀를 차댔다.
"그동안 어디에 있었냐?"
신영은 한숨을 몰아쉬었다.
"붙잡혀 와 오랏줄로 단단히 묶여 기계실 창고 안에…"
정민은 눈물을 닦으며 일어나 앉았다.
"포승줄에 묶여서 기계실 창고에 갇혀 있었다고?"
"무슨 죄를 지었다고 오랏줄로 묶어?"
"얼마나 두들겨 맞아 몸뚱이가 구렁이 허물이네."
"피멍이 들고 퉁퉁 부어있는 것 봐."
"말도 마시오. 한 사람 죽었어요."
정민은 하염없이 흘러내리는 눈물을 훔쳤다.
"또 개죽음 당했구나. 얼마나 맞았으면 죽을까?"
정경은 기가 막혀 천장을 쳐다보았다. 구석에서는 붉은 물방울이 추깃물처럼 흘러내렸다.
"모르겠어요."
정민은 고개를 돌리며 서러움을 닦았다.
"이번에는 탈출은 포기하고 우리와 함께…"
신영은 안쓰러워 무심코 포기라는 말을 뱉었다. 바라보고 있는 것이 잔인하여 고개를 돌렸다. 눈 뜨고 볼 수가 없었다.
"포기요! 왜 내가 포기합니까?"

정민은 항의하듯 따졌다.

"어린 네가 안 된 것 같아서…"

신영은 어눌하게 얼버무렸다.

"강제징용에서의 탈출은 우리의 권리요, 의무요, 책무입니다."

정민은 데퉁스럽게 대거리했다.

"조선 사람들의 저항하는 권리, 저항하는 의무, 저항하는 책임이라고?"

정경은 정민을 뚫어지게 응시했다. 자신의 당하게 될 자닝스러운 모습이었다.

"당연하지요. 강제징용이니까."

정민은 입술을 깨물었다.

"또 탈출하려고?"

신영은 자신이 부끄러웠다.

"죽을 때까지."

정민은 데억지게 덤비었다.

정경과 신영은 할 말을 잃었다. 가슴에서 치밀어 오르고 있는 분노와 서러움을 곱씹었다. 파도소리는 바다로 뛰어들라고 손짓하듯이 부르고 있었다.

23

 방안의 침묵은 한참 동안 계속되었다. 파도의 우짖어대는 소리가 찾아왔다. 함께 흐느끼며 서러워하면서 위로했다. 갈매기는 엿듣고 있다가 통곡하듯이 울어대었다. 바다로 갔는지 가뭇없이 살아졌다.
 "밥은 먹었냐?"
 정경은 침묵이 싫어 작은 목소리로 물었다.
 "…"
 정민은 대답을 못 하고 눈물만 닦았다. 몇 끼니를 굶었는지 몰랐다. 먹을거리를 주지 않았기에 먹지 못했다.
 "굶겼겠지."
 신영은 알아차렸다. 며칠을 굶겨놓았을 것이다.
 "여기 있다. 너나 먹어라."
 신영은 먹지 않고 가져왔던 콩깻묵주먹밥을 정민에게 내밀었다.
 "내 것도 먹어라."
 정경은 집에 있는 어린 동생들이 떠올랐다.
 "형님들은요?"
 정민은 받지 못했다. 친형님을 만난 것 같았다. 더욱 서러워졌다.
 "우리야 뭐… 너는 많이 먹고 한참 자라야 할 나이인데…"

정경은 한없이 안쓰럽고 불쌍했다.
"고향에는 가지 못했어도 수고했다."
신영은 칭찬했다. 힘을 북돋아주고 싶었다. 용기가 대단했다. 포기하지 않는 끈기가 한없이 부러웠다.

24

세 사람은 입술을 다물고 흐느꼈다. 울지 않으려고 해도 눈물이 하염없이 흘러내렸다. 얼마나 서러워했는지 몰랐다.
"무엇 하나 물어보자?"
신영은 눈물을 꿀꺽 삼키며 정민을 바라보았다.
"무얼요?"
정민은 콧물을 닦으며 고개를 쳐들었다.
"도망치려고 했던 것이 이번이 몇 번째냐?"
신영은 부드러운 시선으로 어루만졌다.
"다섯 번째요."
정민의 눈동자가 반짝 빛났다.
"세 번인 줄 알았는데…"
정경은 혀를 찼다.
"조선에서 올 때부터 틈만 나면 탈출을 시도했으니까…"
정민은 고개를 숙였다.

"우리도 탈출하려고 한다는 것 알고 있지?"

신영은 건잠머리를 하고 있었다. 어리지만 경험자이기 때문에 도움이 될 것 같았다.

"예."

정민은 들었던 적이 있었다. 강제지용으로 끌려온 조선 사람은 모두가 탈출하려고 했다.

"기다린다고 해서 누가 고향에 데려다준 것도 아니고…"

정경은 부끄러워 고개를 숙였다.

"너처럼 붙잡혀서 되돌아오게 될지라도…"

신영은 두려워 어눌하게 얼버무렸다.

"바다에 빠져 죽게 될지라도… 원이나 없게."

정경은 마음을 단단히 다지며 결정했다.

"탈출하여 고향으로 간 사람이 있는 것은 분명합니다. 거의가 다 바다에 빠져 죽거나 붙잡혀오기는 하지만…"

정민은 힘주어 말했다. 탈출을 생각하니 힘이 불끈 솟아났다.

"어떻게 하면 바다를 건너갈 수 있겠던?"

신영은 바싹 다가갔다.

"나와 함께 가요."

정민은 조금도 주저하지 않았다.

"다섯 번이나 붙잡혀 왔으면서?"

정경은 고개를 저어댔다. 어린애가 아니었다. 어쩌면 제 정신이 아닌 것 같기도 했다.
"열 번이면 어쨌습니까?"
정민 눈동자를 굴렸다.
"죽기 아니면 고향으로 가는 것이겠지?"
정경의 도리깨침을 삼켰다.
"군함도에 있으면서, 처참하게 당하면서, 고통스럽게 죽어가는 것 보다는…"
신영은 눈을 감았다. 자신의 죽음을 상상해보았다.
"죽기는 마찬가지이니까요."
정민은 개탕을 치며 메지었다. 무력하게 당하고만 살아서는 안 되었다. 조선 사람의 기질을 보여주며 당당하게 맞서야 되었다.

25

방안은 끊임없이 밀려와 방파제애 부딪히는 파도소리로 가득했다. 갈매기의 울부짖는 소리가 가끔 찾아왔다. 서러움을 흩뿌리다가 이내 살아졌다.
모두가 입을 다물고 고향을 그리워하고 있었다.
"김정민!"
정경은 고향의 부모님을 생각하다가 불쑥 불렀다.
"예!"

정민은 고향을 찾아가 동구 밖에서 서성거리고 있었다.
"너 몇 살이냐?"
정경은 나이보다 슬겁다는 생각이 들었다. 대담한 언행이 자신을 짓누르고 있었다.
"나이가 몇이냐고요?"
정민은 고개를 숙였다.
"확실하게 알고 싶어서…"
신영은 고개를 갸웃거리며 거들었다.
"열하고 한 살이요."
정민은 고개를 쳐들고 신영을 바라보았다.
"열한 살이라고?"
"나는 열두 살인 줄 알았는데…"
정경과 신영은 겨끔내기로 묻고 있었다.
"그게 그거지요."
정민은 빙긋이 웃고 있었다. 무엇 때문에 나이를 묻고 있다는 것을 알 것 같아서였다.
방파제에 부딪히는 파도는 여전히 함성을 지르며 몸부림치고 있었다.

26

세 사람은 또 입술을 닫았다. 아무도 말하지 않았다. 서로를 바라보며 부드러운 시선으로 어루만졌다.
"너는 군함도에 언제 왔지?"
정경은 입에 고인 침을 삼켰다. 궁금한 것이 많았다.
"우리보다 선배이니까…"
신영은 한숨을 쉬었다. 참으로 안쓰러웠다.
"작년에 왔던가? 제작년인 1939년이던가? 잘 모르겠어요."
정민은 얼버무렸다. 과거를 돌아보면 분노가 치밀었다.
"1939년이면 아홉 살 때에 끌려왔다는 거냐?"
정경은 깜짝 놀랐다.
"그렇게 된 건가요?"
정민은 또 울분과 서러움이 북받쳤다. 더듬거리며 흐느끼고 있었다.
"어떻게 해서 오게 되었는데?"
정경은 바로 이 사실을 알고 싶어 뜸 들였다.
"어떻게 강제징용에 끌려오게 되었느냐고요?"
정민의 입술에는 조소가 번져갔다.
"젖먹이 너를 어떻게…?"
신영은 기가 막혔다.
"일본인 지주 집에서 꼴머슴으로 남의집살이를 하는데…"

정민은 주저하지 않았다. 말을 하려고 하는데 서러움이 자꾸만 목구멍을 막았다.

"머슴살이를 했구나?"

정경은 고개를 끄덕거렸다.

"부모님이 역병으로 돌아가시고 고아가 되었어요. 그래서 일곱살 때부터 남의 집에서 더부살이를 하게 되어…"

정민은 눈물을 꿀꺽 삼켰다. 부모님이 돌아가신 후 모진 학대를 받으며 살아왔다. 어지간한 고통은 아무것도 아니었다.

"주인이 일본 놈이라 어린 너를 강제로 징용에 보냈구나?"

신영은 듣지 않아도 알 것 같았다.

"하루는 주인이 부르기에 갔어요. 나를 꼬드기데요. 일본에 가면 잘살게 된다고 하면서… 가지 않겠다고 했지요."

"그래서?"

정경은 바싹 다가앉았다.

"쫓아내어 굶겨 죽이겠다고 하면서 공갈에 협박까지 하더라고요."

정경은 흥분하지 않으려고 갖은 애를 썼다.

"그래서 어쩔 수없이 네 발로 여기까지 왔느냐?"

신영의 눈에는 독기가 서려있었다.

"아니요."

정민은 고개를 저어댔다.

"그럼 어떻게?"

신영은 귀를 쫑긋 세웠다.

"하루는 주인이 주재소로 심부름을 가라고 하더라고요. 주재소 소장에게 정종을 가져다주라고 하기에 술병을 들고 주재소에 갔어요. 그런데 순사가 나를 붙잡아 오랏줄로 묶었어요. 그리고 강제징용으로 끌려온 사람들과 함께 짐차에 실려 여기까지 오게 되었습니다."

정민은 여러 말을 하지 않았다. 다듬고 간추렸다. 그때에 억울하게 당했던 일들이 떠올라 지워지지 않았다. 구석에 엎드려 통곡하듯이 울었다. 저승으로 가신 부모님의 모습이 아른거려 더욱 서러웠다.

"이것이 나라를 빼앗긴 고통이고 서러움이야."

정경은 한숨을 자들어지게 쉬었다. '나라를 빼앗긴 서러움'이라는 말을 넋두리하듯이 중얼거렸다.

27

방안은 서러움으로 가득했다. 모두가 함께 하염없이 눈물지었다. 터질 것 같은 가슴을 진정시키려면 눈물이라도 펑펑 쏟아내야 되었다.

"우리도 '죽음의 섬' 군함도에서 탈출하기로 했다."

정경은 눈물을 닦았다.

"너 때문에 용기를 얻었다."

신영은 울고 있는 정민을 달래었다. 굴하지 않는 행동이 부럽기도 했다.

"나 때문에요?"

정민은 눈물을 훔치며 고개를 들었다. 일본인 지주에게 당했던 일들이 떠올랐다. 어리다고 막대하며 매질까지 했었다. 당장 달려가 앙갚음을 하고 싶었다. 가슴속에는 복수의 불꽃이 활활 타오르고 있었다.

"그랬지. 너는 조선 사람들이 노예가 아니라는 사실을 행동으로 보여주었지."

정경의 자신의 감정을 숨기지 않았다.

"지렁이도 밟으면 꿈틀거리는데…"

신영은 고수처럼 장단을 맞추었다.

"군함도에서 노예가 되어 석탄을 캐다가 죽으나 도망치다 죽으나 죽기는 마찬가지 아닙니까?"

정민은 자깝스럽게 어거하듯이 힘주어 말했다.

"우리도 탈출할 것이다. 바다에 빠져 죽게 되더라도!"

정경은 자신에게 다짐하고 있었다.

"그때 저도 함께 가겠어요."

정민의 귀가 번쩍 띄었다. 가뭄에 소나기 맞은 푸새처럼 되살아났다.

"다섯 번이나 잡혀 왔으면서?"

신영은 고개를 내둘렀다.

"탈출할 때까지 몇 번 이건…"

정민의 눈동자에는 독기가 서렸다.

"그렇다면 함께 탈출하자."

정견은 정민의 손목을 잡았다. 뼈만 남아 깡마른 나무토막이었다.

"당연하지요."

정민의 얼굴에 화색이 돌았다.

"너는 경험자이니 어떻게 하면 탈출할 수 있다는 걸 알고 있을 테고?"

신영은 편안했다. 두려움은 온데간데없이 사라져버렸다.

"알다마다요."

정민은 군침을 삼켰다. 예감이 좋았다.

"우리는 붙잡히지 않을 거다."

정경은 자신에게 몇 번을 다짐했다. 마음속으로 기도하고 있었다.

"반드시 고향으로 가게 될 겁니다."

정민은 어느새 지주 집 대문 앞에서 서성거리고 있었다.

"너는 경험이 있으니 바다를 건너는 데에는 난든집이 되어있겠지?"

"그믐날 밤 횃불을 옆듯 훤하지요."

정민은 뗏목에 의지하고 바다를 건널 때의 일을 생각했다. 그 길이 눈앞에 펼쳐졌다. 이번에는 붙잡히지 않을 자신이 있었다. 지금까지 잘못된 것을 찾아 새로운 방법으로 바꾸면 될 것이다. 행동으로 옮겨 헤쳐나갈 때에 얻어질 수 있었다. 희망을 가졌으니 고향으로 갈 수 있을 것이다. 바다를 건너가도 침략자인 원수의 일본 땅덩이이지만 새로운 길이 기다리고 있었다.

28

세 사람은 거사를 하는 동지가 되었다. 마음이 통하여 편안했다. 한 편으로 긴장을 하고 있었다. 목이 탔다. 입을 닫고 마른침을 삼켰다. 모두가 숨고르기를 하였다.

"고향이 어디냐?"

정경은 침묵이 싫어 입을 열었다.

"남원이요."

정민은 얼른 대답했다.

"우리는 곡성인데. 남원이면 이웃 동네 맞네."

정경은 바투하고 있는 정민의 등을 어루만졌다.

"고향에 가면 무엇부터 하려고?"

신영은 정민이가 고아라는 사실이 떠올랐다. 일본인 지주 집에서 더부살이를 했다는 말이 뇌리에서 떠나지 않았다.

"고향에 가서 해야 할 일이 무어냐고요?"

  정민은 고개를 쳐들었다.

"그래, 하고 싶은 일이 무언데?"

  정경은 물끄러미 바라보았다. 부모가 살아있으며 투정을 부릴 어린애이기 때문이었다.

"나를 강제징용으로 보낸 일본인 지주의 집에 불을 지를 것입니다. 원수이니 복수를 해야지요. 지금까지 당했던 것만큼의 되갚음!"

  정민은 두 주먹을 불끈 쥐었다. 입술도 깨물었다. 얼굴에는 살기가 돋았다. 눈알 속에는 성난 불꽃이 너울너울 춤을 추며 타오르고 있었다.

"지주 집에 불을 지르겠다고?"

  신영은 마른침을 삼켰다.

"당연하지요. 소작인들은 못갈림농사로 반타작을 바쳤고…"

  정민은 고개를 끄덕였다.

"남은 반타작은 공출로 빼앗아갔지. 소작인 빈털터리고."

  정경은 고개를 끄덕거렸다.

"또 다른 일은?"

  신영은 듣고 나니 더 알고 싶었다.

"그의 가족을 우리가 당하고 있는 것처럼…"

정경은 주저하지 않았다.

"단단히 벼르고 있구나. 앙갚음하려고."

"감발저뀌 같은 쪽발이 놈들. 얼마나 애바르게 덤비는가. 광부들에게 콩깻묵주먹밥 한 덩이가 무업니까? 양이나 많습니까? 당하고 살아가는 우리 조선인에게는 원수이고 악마이지요."

정민은 코푸렁이의 어린애가 아니었다. 당찬 것이 어른들을 깜짝 놀라게 만들었다.

"네 말이 맞다. 전쟁을 일으켜 약소국들을 침략하여 남의 나라의 국민을 괴롭히는 위대하신 지도자라는 분은 분명히 인류의 역적이지. 선을 탈로 쏘고 있는 악마! 일본의 천황폐하도 조선 사람들에게는 원수이고 악마야."

정경은 고개를 끄덕였다.

"내가 당한 만큼 앙갚음해야 직성이 풀리겠는데…"

정민은 분을 참지 못하고 엉엉 울어버렸다.

"그래서 탈출하려고 발버둥 치고 있구나."

신영은 자신도 모르게 긴장되었다. 언행을 보니 그대로 넘어가지는 않을 것 같았다.

"삶을 포기하면 아무것도 무섭지 않아요."

정민은 울음을 그쳤다. 이를 뿌드득 갈았다. 두 주먹을 불끈 쥐었다. 당한 만큼 갚아주겠다고!

29

굿덕대는 숙소를 돌아다니며 악을 쓰며 설쳐대고 있었다. 조선인 광부들에게 게으름을 피운다고 채찍질을 해댔다. 틈만 나면 발광하며 재우쳤다. 노예가 쉴 겨를 있느냐며 닦달해댔다.

"이 조센징 놈들 봐라. 막장에 가서 석탄을 캐야지. 무엇하고 있어."

굿덕대는 방을 들어오며 악을 썼다. 들고 있는 채찍으로 갈겨댔다. 막무가내였다. 눈동자에서는 독기를 품어댔다.

"어허이!"

정경은 채찍을 맞으며 입술을 깨물었다. 한두 번 당한 것이 아니었다. 괜히 화풀이를 조선인 광부들에게 하고 있다는 사실을 잘 알고 있었다.

"못된 노예근성을 버리지 못하고 빈둥거려!"

굿덕대의 채찍이 신영을 향해 날아갔다. 심심하면 조선인 광부들을 찾아다니며 트집을 잡아 발광했다. 광부들이 비명을 지르며 몸부림치는 모습을 보며 즐겼다. 버러지처럼 벌벌 기며 굴복하니 재미있었다. 희열이 느꼈다.

"야, 이 망나니야. 거기 누워있을 거냐?"

굿덕대는 누워있는 정민을 향해 채찍질을 했다. 연속 세 번을 갈겼다.

"몸이 저런 어린애를 막장에 처넣으려고요?"

정경은 용기를 내어 대거리했다. 자신이 맞은 것보다 어린 정민이가 맞으니 더욱 아팠다.
"너는 무어야. 네 놈이나 잘해!"
굿덕대의 채찍이 정경에게 향했다.
"내가 저 애 몫까지 할게요."
신영이 합세했다.
"꼬마 몫은 꼬마 몫대로 따로 있어."
굿덕대는 신영에게 발길질을 했다.
"세상에 기가 막혀서!"
정경은 물러서지 않았다.
"금년 450만 톤의 목표 달성을 하려면 누구도 한눈팔면 안 돼!"
굿덕대의 채찍이 다시 정민에게 향했다. 빨리 일어나라고 후려쳤다.
"그렇다고 성한 몸도 아닌 어린애를…"
신영은 투덜거렸다.
"누가 도망치라고 했어?"
굿덕대의 채찍은 수없이 정민의 몸뚱이를 휘어 감았다.
"그래도 그렇지. 곧 죽어가지 않아요?"
정경은 흘겨보며 정민에게 다가갔다.
"석탄을 캐라고 끌고 왔지 호강시키려고 모시고 온 줄 알아!"

굿덕대는 정민을 구둣발로 툭툭 찼다.
"젖도 떨어지지 않은 어린애가 무슨 힘이 있다고…"
신영은 방을 나서려다 돌아섰다.
"어서 일어나라. 우리와 함께 가자."
정경은 정민의 팔을 붙잡아 일으켜 세웠다.
"어린애들을 탄광 속에 매장시키려고…"
신영은 머뭇거리다가 정민에게 다가갔다. 정경과 함께 부추겨 일으켰다. 눈에서는 눈물이 주르르 흘러내렸다.
"오늘은 할당량의 두 배야. 꼬마 몫까지!"
굿덕대는 꼬마가 일어서자 방문을 나섰다. 가래침을 뱉었다.
"무어라고? 기가 막혀서!"
전경은 방문을 나가는 굿덕대를 노려보았다.
"갑시다. 죽기밖에 더 하겠습니까."
정민은 입술을 깨물었다. 절뚝거리며 걸었다. 숙소를 나섰다. 맑은 하늘에서는 뜨거워진 햇볕이 퍼붓듯이 내려왔다. 바다에서 불어온 바람 속에는 후텁지근한 더위가 숨어있었다. 부드러운 명주바람처럼 어루만지며 지나갔다. 갈매기는 머리 위에서 날갯짓을 하며 슬프게 울어댔다.

30

세 사람은 굿문 앞에 서 있었다. 땅속으로 들어가는 저승 문이기에 머뭇거려졌다. 갱구가 무너져 막히거나 탄을 캐다가 석탄더미에 깔리면 죽을 수밖에 없었다. 수많은 광부들이 석탄을 캐다가 그렇게 죽었다.

"오늘도 무사히!"

정경은 용기를 내어 굿문을 들어갔다. 두 주먹을 불끈 쥐었다.

"죽지는 않겠지!"

신영은 지옥의 계단을 내려가면서 투덜거렸다. 갱구에 들어 왔으니 여기가 바로 자신의 무덤을 될 수도 있었다. 뒤에서 저승사자가 따라오고 있는 것 같았다.

"운명에 맡기는 수밖에…"

정경은 또 죽음 상상했다. 온몸에 소름이 돋았다.

"저거 보세요."

정민은 앞서 가다가 발을 멈추었다. 몸이 비석처럼 굳어버렸다.

"광부들의 시체를 거적으로 덮어 놓았네."

"다섯 구네."

"저쪽에는 내 친구의 시체가 있어요."

정민은 친구를 알아보고 다가갔다. 함께 묶여 군함도로 왔기에 만나면 항상 반가웠다. 그 애가 주검으로 변해 누워있었다.

세 사람은 발이 떨어지지 않았다. 묘비처럼 굳어버렸다. 고인들의 명복을 빌며 묵념하듯이 서서 바라보았다. 자신들이 송장이 되어 누워있었다.
"강제징용으로 끌려온 불쌍한 조선인의 광부들…"
정경은 자신을 생각하며 늘킴으로 흐느꼈다.
"오늘도 탄을 캐다가 생매장되었구나."
신영은 자신의 주검을 상상했다. 다리가 사시나무 떨 듯 흔들렸다.
"나도 언젠가는 친구처럼…"
정민은 친구를 응시하며 흐르는 눈물을 닦았다. 친구의 송장을 보고 있는데도 두렵지 않았다. 한두 번 보았던 것이 아니기 때문이었다.
"가자. 우리도 죽으러 가야지!"
정경은 앞에 서 있는 정민의 등을 떠밀었다. 어웅한 굴속이 영락없는 지옥이었다.

31

"무사히 살아 나왔네!"
세 사람은 굿문을 나왔다. 파도소리가 반가웠다. 갈매기의 울음소리도 들렸다. 하늘을 쳐다보았다. 햇빛이 눈앞을 가렸다. 파란 하늘에 흰 구름이 떠가고 있었다. 살아있다는 사실을 새삼스럽게 실감하고 있었다.

굿막을 들여다보았다. 늦었는지 아무도 없었다. 들어가지 않고 발길을 돌렸다. 몸을 씻으려고 목욕탕이 있는 쪽으로 걸어갔다.
"기회가 왔습니다."
정민은 한쪽에 쌓여있는 목재를 응시했다. 반가워 환호성을 지르려다 참았다.
"기회가 오다니?"
정경은 정민을 바라보았다.
"'죽음의 섬'에서 탈출할 기회요."
"군함도에서 탈출할 수 있다고?"
신영의 귀가 솔깃해졌다.
"어떻게?"
정경은 마음이 급했다.
"저기 굿단속을 할 각목을 잔뜩 쌓아 놓았지 않습니까."
정민은 방파제 밑에 쌓아놓은 목재가리를 가리켰다.
"저 나무가리?"
신영은 목재를 쌓아 놓은 나무더미를 응시했다.
"보이지 않더니…"
정경은 군침을 삼켰다.
"굿꾸리하려는 저 각목들을 사용해서…"
신영은 알아차리고 고개를 끄덕거렸다.
"사람들이 헤엄쳐서 바다를 건너간다고 하기에 가연가미연가

하였는데…"

정경은 입술을 빨며 도리깨침을 삼켰다.

"나도 긴가민가하였어."

신영의 눈동자가 반짝거렸다.

"굿꾸리하려는 각목으로 뗏목을 만들어서…"

정민의 눈앞에는 희망이 나라가 펼쳐졌다. 어느새 뗏목을 타고 바다를 건너 고향으로 가고 있었다.

"그러면 되겠다."

정경은 손뼉을 쳤다.

"뗏목을 만들려면 밧줄이나 끈으로 엮어야 하는데."

신영은 반등걸이 하고 있었다.

"저기 빨랫줄이 있지 않아요?"

정민은 한쪽에 걸쳐있는 빨랫줄을 가리켰다.

"빨랫줄! 좋지."

신영은 고개를 끄덕였다.

"밧줄이 없으면 옷을 찢어 꼬아서…"

정경은 새끼 꼽던 일을 떠올렸다.

"이가 없으면 입염으로…"

신영의 얼굴이 환하게 밝아졌다. 어느새 곡성읍 대평마을 앞 들녘을 걸어가고 있었다.

"각목들을 굿단속에 사용해버리면…?"

정경은 불길한 생각을 하고 있었다.

"그렇게 되면 김칫국만 마신 거죠."

정민은 바빠졌다. 서둘러야 되었다. 기회는 항상 주어지지 않았다. 다시는 오지 않을 수도 있었다.

32

"오늘 밤에 탈출하는 게 어떨까?"

전경은 불안했다.

"그렇게 합시다."

정민은 주저하지 않았다. 지금이 탈출할 적기인 것은 틀림이 없었다.

"나도 마음이 급해지네."

신영은 안절부절 이었다.

"내가 빨랫줄을 거두어 올 테니까."

정경은 빨랫줄을 응시했다.

"좋습니다. 오늘 밤에…"

정민의 입술에는 알 수 미소가 번져갔다.

"그믐이 가까우니 어둡기도 하고…"

정경은 흥분했다. 자신감이 생겼다. 갈매기처럼 훨훨 날아서 바다를 건너가고 있었다.

"파도도 잔잔하고."

신영은 호수처럼 잔잔한 바다를 바라보았다.

"이래 죽으나 저래 죽으나!"

정민은 독기를 뱉어댔다.

"죽기는 왜 죽어!"

신영은 사랑했던 경자를 생각했다. 꼭 만나야 되었다. 눈이 빠지게 기다리고 있을 것이다.

"죽어서는 안 되지. 고향에 가야 하니까."

세 사람은 만수받이하며 걸었다. 바다를 바라보았다. 희망의 나라가 수평선에서 아른거렸다. 가슴이 부풀어 올랐다. 조국의 독립과 해방을 손에 거머쥐고 있는 것 같았다.

33

어둠이 짙은 이슥한 한밤중이었다. 하늘에서는 별들이 반짝이며 소곤거리고 있었다. 방파제에 부딪히는 잔잔한 파도소리가 유난히도 선명하게 들렸다. 불빛 하나가 난바다 위에 떠 있었다.

세 사람은 각목을 어깨에 메고 허둥대었다.

"공칙스럽게 된다면… 바다에 들어가 보지도 못하고 붙잡혀 죽어."

신영은 겁에 질려 어찌할 바를 몰랐다.

"잘 될 거야."

정경은 회두리에서 따라갔다. 다리가 후들거렸다. 발이 땅에 붙어 떨어지질 않았다.

"이쪽으로 가면 방파제가 낮은 곳이 있어요. 나를 따라오세요."

정민은 앞장섰다. 길라잡이였다. 어깨에 메고 있는 각목이 짓눌러 넘어지려고 했다.

"헤엄이 서툰데…"

신영은 캄캄한 밤바다가 무서웠다.

"섬진강을 건너다녔던 실력이 있지 않아?"

정경은 자신에게 말하고 있었다. 사실은 불안했다.

"여기에요."

정민은 발을 멈추었다.

"여기서 뛰어내리려고?"

신영은 방파제 밑은 내려다보았다. 어두워 아무것도 보이지 않았다.

"각목을 방파제 너머로 던져요."

정민은 주저하지 않고 각목을 방파제 너머로 던졌다.

"서두르자!"

정경은 정민이가 하는 대로 가져왔던 목재를 바다로 떨어뜨렸다.

"죽기 아니면 살기!"

신영은 용기를 내며 각목을 던졌다.

"여기서 뛰어내리는 겁니다."

정민은 위치를 잡고 방파제 위로 올라갔다. 주저하지 않고 뛰어내렸다. 손에는 옷을 찢어 꼬아 만든 밧줄을 쥐고 있었다.

"강제징용에서의 탈출은 우리의 권리요, 책임이요, 의무이다!"

정경이 하늘의 별들을 향해 소리쳤다. 바다로 풍덩 빠졌다. 손에는 빨랫줄을 들고 있었다.

"노예처럼 사느니 차라리 죽는 거야. 희망의 나라를 찾아서!"

노신영은 눈을 질끈 감았다. 노예가 아니라는 자부심이 들었다. 자살하려는 사람처럼 바다로 뛰어들었다. 어디서 구했는지 손에 든 밧줄을 움켜쥐었다.

34

세 사람은 허우적거리며 헤엄을 쳤다. 파도에 밀려 떠다니는 목재를 찾았다. 어둠 속이지만 나무토막이 뚜렷하게 보였다. 방파제 밑의 바위가 있는 쪽으로 모았다.

손에 들고 있는 줄로 각목을 엮었다.

뗏목이 완성되었다.

"물결이 잔잔해서…"

세 사람은 뗏목을 밀고 바다로 들어갔다. 파도가 출렁거리며 어루만졌다.

"힘껏 밀고 나가더라고."

신영은 자신에게 당부하며 두려움을 쫓았다.

"바다는 우리의 친구니까."

정경은 어렸을 때부터 섬진강에서 물장구치며 수영을 했었다. 자주 강을 건너갔다가 되돌아왔다. 잠수질하여 작살로 고기를 잡으면서 물과 친해졌다.

세 사람은 뗏목에 몸을 의지하며 난바다로 향했다.

"섬이 있는 쪽으로 가면 나가사키항구로 가게 됩니다."

정민은 어둠 사이로 보이는 섬을 바라보며 방향을 바꾸었다.

"나가사키로 가면 붙잡힌다는 거지?"

신영은 힘에 겨워 숨을 몰아쉬었다.

"거기서 여러 번 붙잡혔으니까."

정민은 뗏목의 방향을 잡았다.

"잘못해서 태평양으로 들어가게 되면?"

정경은 괜히 신경이 쓰였다. 망망대해의 한 가운데에 떠 있는 자신의 모습을 상상해보았다.

"어디로 가든 일본 땅인데… 육지가 가까운 쪽이…"

정민은 자신의 경험을 되짚어 보았다. 항구가 아니라서 인적이 드물었다. 거리도 훨씬 가까웠다.

"해 뜨기 전에 뭍에 닿겠네?"

신영은 밝아오는 희망의 새날을 그려보았다.

"아마 그럴 걸요."

정민은 수평선 얹혀서 반짝이는 파란별을 응시했다.

35

얼마나 헤엄을 쳤는지 몰랐다. 바람이 불었다. 파도가 조금은 거칠어졌다. 뒤에서 불어오기에 헤쳐나가는 수월했다. 출렁거리는 물결이 뗏목을 밀어주었다.

"살기 좋은 내 고향 곡성 대평마을에 가면 금순이가 기다리고 있어?"

정경은 눈이 감기었다. 밤은 이슥해졌고 몸은 지쳐 피곤했다. 남몰래 만났던 예쁜 금순이가 생각났다. 보고 싶었다.

"이금순을 좋아했어?"

신영은 시샘을 했다.

"예쁘지 않아?"

정경은 힘주어 말했다.

"경자가 더 예뻐."

신영은 사랑스러운 박경자를 떠올렸다.

"말도 아닌 소리. 경자보다 금순이가 더 예뻐."

정경은 지기 싫었다.

"손을 잡아 본 적 있어?"

신영은 질 수 없었다.

"그래. 대평마을 앞 넓은 들녘의 보리밭에서 나물 캐러 나온 금순이와 자주 만났는데."

정경은 금순이가 더욱 보고 싶었다. 달려와 품에 안기는 것 같았다.

"나는 섬진강 강변의 둔치에서 나물을 캐고 있는 경자와 만나 손가락 걸고 맹세까지 했어."

신영은 오기가 났다. 질투하고 있었다.

"손가락까지 걸었어?"

"물론이지."

"빠르기도 하네?"

"언젠가 도림사에서 만나 손잡고 온 적도 있어."

신영은 빙긋이 웃었다.

"나는 금순이와 보리밭에서 여러 번 만났다니까."

정경은 어깃장을 놓았다.

"고향에 가면 경자와 결혼할 거야."

신영은 경자의 마당에 초례청을 차려놓고 동네 사람들이 보는 앞에서 혼례식을 올리는 자신의 모습을 상상했다. 아름다운 꿈을 꾸고 있었다.

"어서 가야지. 임이 기다리고 있는 내 고향으로!"

그들은 뱃노래를 부르듯이 외쳐댔다. 희망의 나라를 그리워하며 잠을 쫓았다. 힘을 북돋으며 밀려드는 파도를 넘었다. 어둠 먼 곳의 수평선에서는 바닷물에 젖은 별들이 깜박거렸다. 먼동이 트고 있었다. 아침노을은 희붐해진 해돋이에서 물감을 풀어놓은 듯 번져갔다.

(2020년 《한국소설》 8월호)

어깨동무

홍인표 지음

발행처	도서출판 **청어**
발행인	이영철
영업	이동호
홍보	천성래
기획	육재섭
편집	이설빈
디자인	이수빈 ǀ 구유림
제작이사	공병한
인쇄	두리터

등록　1999년 5월 3일
　　　(제321-3210000251001999000063호)

1판 1쇄 발행　2025년 10월 4일

주소　　　서울특별시 서초구 남부순환로 364길 8-15 동일빌딩 2층
대표전화　02-586-0477
팩시밀리　0303-0942-0478
홈페이지　www.chungeobook.com
E-mail　　ppi20@hanmail.net

ISBN　　979-11-6855-380-4(03810)

이 책의 저작권은 저자와 도서출판 청어에 있습니다.
무단 전재 및 복제를 금합니다.